当代
诗词

【第3季】

十二家

蔡世平
刘能英

主编

当代世界出版社
THE CONTEMPORARY WORLD PRESS

刘　征

傅占魁

周啸天

倪健民

刘炜霞

杨勇民

张雷咏

徐非文

张成昱

周冠钧

殷 芳

孔长河

1

【第3季】

当代诗词
十二家

刘 征

一九二六年生，北京人。语言教育家、诗人、杂文家。现任中华诗词学会名誉会长，《中华诗词》杂志名誉主编，中华诗词研究院顾问。一九四八年开始发表作品，一九七九年加入中国作家协会。已出版作品三十多种，二〇〇八年荣获『中华诗词终身成就奖』。

年近百岁的刘征，兼教育家、编辑家、杂文家、书法家、新体诗人、旧体诗家等多种文化身份，在每一领域都有着出色的表现与非凡的成就。刘老著述甚丰，犹爱旧体诗词，其生命能量与艺术造诣在我们这个时代亦是少有的。

　　百年家国、民族、人生经历和跨文体的写作实践，丰富了刘征诗词艺术的内涵，沉淀、铸造和积累了深刻的文学艺术思想。刘征熔旧学、新学于一炉，冶炼出金子般的诗词作品，闪烁着时代辉光，不愧为一代诗词大家。

　　刘征有一颗赤子之心，且具童心童趣。其诗创造力强，情感热烈奔放，想象瑰丽奇伟，诗风高迈大气。现实主义批判精神与浪漫主义表现手法交相辉映，构成了刘征诗词的基本面貌。刘征的诗词达到了我们这个时代精神与艺术的可能高度。刘征是当代中国有影响力的诗人，备受诗歌界爱戴。

主编评语

沁园春·题圆明园断瓦

一九九四年秋，游圆明园。与孙女霄霄漫步断垣衰草之中，偶拾瓦片，瓦上沾洒之黄琉璃釉酷似美人半面之形。携归镌字，珍逾拱璧，为长调以志。

夕照残墙，墙脚拾来，断瓦草间。想宫娥挥泪，应惊梦雨；震霆飞燥，遽碎霜鸳。一炬烧天，百年焦土，坠地而今灼未寒。休拂拭，留土花斑剥，记取尘烟。

蛾眉欲画应难。怅雨雨风风损玉颜。甚名园秋好暖风熏醉；繁忧万种，仍上眉尖？梦堕荒云，金销劲骨，记否鲸波曾覆船！瞿然拜，胜千金拱璧，一片河山。

念奴娇·过华山漫想

娲皇当日，向人间遗落，几多灵石？化作芙蓉青玉色，削出蓓蕾千尺。万劫升沉，百王争战，不减亭亭直。问花开否？花曰自有开日。

而今雪霁冰融，风柔土沃，到了开时节。为洒银河天外雨，为照团圆明月。为闪虹霓，为鸣霹雳，花瓣轰然裂。冲天香阵，大寰齐舞蜂蝶。

卜算子·大雾

开户不见山，疑是山飞去。犹剩遥天一抹青，
转眼觅无处。

倒屣欲寻山，细想宜留步。应是山飞我也飞，
身在山中住。

卜算子·云海

俯看海漫漫，仰看天澹澹。倒转时光一万年，海在西山畔。

日影乍沉浮，楼阁成虚幻。远处苍茫看我山，也道蓬莱见。

小饮来今雨轩，赠阿龄

暂抛世事千端虑，来访名园三月春。

褪柳辰光参冷暖，酿花天气半晴阴。

初莺尚涩枝头语，浅草微留梦里痕。

三十年来甘苦共，明轩小盏对知音。

晓出夔门

山蹲虎豹行扑面，江涌蛟龙欲入舟。
仰望天光存一线，瞿塘峡上月如钩。

叩舷漫想

一

鲧禹导江存史话[①]，蚕鱼开国但传闻[②]。

举杯默向遥天祝，第一操舟下峡人。

二

先民自有凌云概，压倒川江万古波。

但看森森崖壁上，古来篙眼似蜂窝。

[①]有的古书上说，鲧对于治水也起了很大作用，所以鲧、禹常被并提。

[②]相传蚕丛、鱼凫是古代巴蜀的开国君主。

水调歌头·望九华山云海

　　云与山相戏，百变幻山容。重重蔽天青嶂，转眼觅无踪。忽作茫茫大海，但见涛头百怪，踊跃竞腾空。忽作千崖雪，琢玉白玲珑。

　　忽奔狮，忽走象，忽游龙。忽作注坡万马，散乱抖长鬃。忽作往来天女，含笑低眉下望，飘卷袖如虹。转眼云消散，万壑响松风。

过山顶人家

叠石盘山一径斜，白云深处两三家。

过墙竹接清泉水，障户棚悬绿蔓瓜。

指路樵童披径草，轻歌浣女隔篱花。

门前黄犬不相戒，相送依依过翠崖。

念奴娇·访东坡赤壁

用东坡韵

平生豪气，合阅尽，世上无边风物。一苇横江开望眼，笑看东坡赤壁。明月长新，青山难老，万古涛如雪。金戈鲈酒，江山代有英杰。

来日更放扁舟，映波千树，报当春花发。巨厦摩天如束峡，高下霓虹明灭。杯许重添，生当再少，还我青青发。铜琶铁板，浩歌惊落星月。

刘征

访李清照纪念馆

天于季世未全憎，犹放孤鸿忍死鸣。
锦候飞灰金石录，梧桐细雨楚骚情。
藕花谢尽悲秋老，环佩归来踏月明。
笑倚丛篁听漱玉，家家泉水弄新声。

访辛弃疾纪念馆

乔木长莎绿满庭，大明湖畔谒先生。

叩阍难试平戎策，落笔犹酣金鼓声。

自有龙川堪伯仲，何曾玉局是良朋[①]？

重来今日扬州路，芳草连云啼晓莺。

①世称苏辛，其实二公词风虽近，思想感情绝不相类。

八声甘州·深夜抵华盛顿

算人间，明月最多情，去国尚相随。跨云衢九万，举头却见，含笑如眉。车过杜鹃十里，花影拂行衣。缥缈看楼宇，良夜何其？

欲计寰区几许？才三分禾黍，两烛娥曦。甚千秋蛮触，风雨晦鸣鸡？信悠悠、东西来去；问何时、万族共清辉？窥窗道：且祝来日，举夜光杯。

绝句

中秋之夕，老友王洛宾自新疆来访。其唱《西江月》古曲。吾与其共饮枸杞酒，乐甚。

一

黄花又有数枝开，烹就鲜鱼设酒杯。

待月书窗苦幽独，恰当月上故人来。

二

高歌慷慨遏行云，古调苍凉共赏音。

为送君归踏明月，夜阑酒醉不留君。

生查子·晓行记趣

晓月照林荫，明暗交斑驳。我道是月光，伊道是积雪。

俯以手捧之，伊手如雪白。大笑伊何痴，手中了无物。

大龙漱放歌

久闻雁荡有双龙，大者尤足夸奇雄。挂天直泻三百丈，
晴雨飒飒雷隆隆。千里神驰今咫尺，流沫欲以涤尘胸，
距知三月骄阳炙，蛟潜嚣走绝汹汹，平生际遇多枘凿，
人之所弃求宜从。判无大腹贪江海，何惶斗勺娱衰翁？
入山相携二三子，大竹夹道青摩空。山回路转龙漱见，
果见涠壁如烧铜。忘归亭上坐叹息，唇焦口燥无欢惊。
层巅忽见坠崩雪，移山谁使昆仑东。悬丝下注疾于电，
飞流一线遂连通。百尺以上受阳日，紫蓝黄绿飘垂虹，
下作千珠万珠落，碧潭零雨敲丁冬，赋形随势多变态，
斜飞漫卷轻摇风。如帝劝酒天女醉，金樽推倒泻瑶琼。
如轩辕奏钧天乐，弦张天地为焦桐。同行瞠目皆骇叹，
微愿竟已达天聪，儒冠自嗟误生理，登临未觉吾道穷。
清欢片刻得已足，翩然野鹤脱樊笼。千寻绝壁垂细水，
惜哉巨斧削春葱。会须惊天作雷吼，吟诗为起丰隆慵。

水调歌头·夜起散步

月色澄澈，可鉴毫发。远望烟海苍茫，颇涉遐想。时农历七月十六。

千里别君去，海上却相逢。遥天云路澄澈，轻辗玉轮风。洒下清光如水，我自浮沉上下，吹息共鱼龙。楼舍都非旧，万象入朦胧。

月谓我，游汗漫，曷相从？人间万事尘土，脱屣逐仙踪。我道食须烟火，更恋灯前儿女，性不耐清空。闻月喟然叹，孤影没云中。

巫山镇夜雨

彩云一片降人间，不耐琼楼高处寒。

江峡惊涛因小伫，君王荒梦岂相关？

空蒙烟色萦罗带，滴沥檐声想佩环。

应见茫茫来去影，若教明月照巫山^①。

①放翁《入蜀记》说：听神女峰的祝史说，每到八月十五月明时，有丝竹之音往来峰顶，山猿皆唱，达旦方渐止。这个传说很美，诗中及之。

八声甘州·登白帝城西台

白帝城西台，传为杜甫吟《登高》诗处。

换天风，千仞访孤城，清秋上层台。瞰瞿塘峡口，云屯万马，江水西来。烟澹渚青沙白，风急鸟飞回。一霎潇潇雨，落木生哀。

见说登高老眼，当年曾到此，怅望天涯。揾纵横涕泪，三峡倒吟怀。甚文章，千秋仰止；却生前，潦倒没尘埃？凭栏听，砯訇震响，万壑惊雷。

庆宫春 · 写感

抵三亚已薄暮，宿鹿回头半山丛林中。相传有幼鹿为猎人所逐，奔至山崖，已临绝境。猎人方弯弓，鹿忽回头化为美女，与猎人结为眷属。今有塑像。中夜无寐，起步回廊。烟月淡泊，花气氤氲，如醉如梦。传说中人物，仿佛见之。

海国风柔，云窗梦浅，小廊斜界虚白。四面香来，知花何处，乱枝摇影如雪。无声有韵，听低唱远潮清切。众神应醉，飞向高寒，曳光明灭。

但余尘梦悠悠，哀艳雄奇，老来都歇。今宵却见，披萝乘豹，人在山阿依约。回眸一笑，信至美、足销锋镝。人间但愿，如此清明，一天星月。

刘征

移居（七首选一）

移居方庄之芳草园，居楼之二十层，随感随写，略记一时
之兴。

闹市结庐熟睡难，欲求心远地须偏。

尘清不涉鸡虫竞，客少稀闻车马喧。

龙剑飞光余老梦，沧浪濯足放归船。

未消英气斜阳外，目送征鸿独倚栏。

当代
诗词
十二家

移居（七首选二）

远海高丘兴未央，巢云老去任清狂。
仰窥伊甸双栖影，俯视尼山数仞墙。
已遣悲歌归嘻笑，还将愤笔化荒唐。
醉听应是银河近，时溅飞星劲打窗。

移居（七首选三）

风雨神州楼万家，惭分春色到非花。
临窗大案宜挥笔，入座停云伴饮茶。
奇迹何须马生角，人间但愿鼠无牙。
诅真闲却征夫耳，纸上军声静不哗。

移居（七首选四）

十载晨昏流外楼，晦如风雨小如舟。
乌丝百万鸦飞字，白发三千雪满头。
庭柳依依知惜别，园花脉脉解相留。
寒温好供新来客，莫记前缘道姓刘。

鸣沙山玩月

海上看明月，月碎如鳞片。山中看明月，崖谷多奇幻。城市看明月，长街灯火乱。书室看明月，月为窗所限。我等鸣沙山，恰当七月半。沙头看明月，平生所仅见。东月缓缓升，西霞渐渐暗。黄沙抹银灰，青天落幽幔。月上孤伶伶，两间唯我伴。皎如夜光杯，柔若轻罗扇。庄拟古佛颜，媚若娇女面。似近身边坐，无语唯流盼。似远隔关山，精魂梦中现。久看如微笑，稍露瓠犀粲。细听如悲歌，轻轻叩檀板。我身亦一月，月我忽相感。我向月奔来，月向我召唤。我与月相融，渺渺清光眩。

当代
诗词

十二家

八声甘州·敦煌壁画

曳飘飘长带袅天风，重霄信遨游。恍缤纷雪舞，轻盈霞举，振迅星流。不假行空骥足，亦谢驭龙虬。自在乘虚起，一羽高秋①。

下视茫茫人境，莽尘埃野马，掠影浮沤。诧华胥初梦，遽已小天球。厌生途、樊笼缧绁；羡神飞、八表漫沉浮。问破壁，便当飞去，底事夷犹？

①敦煌壁画令人惊叹，其中我最爱的是飞天画面。透过宗教的薄纱，可以看出古人对自由的大胆向往。

平生最爱月（之一、二）

一

平生最爱月，问月爱我不？
有诗子不俗，有子我不孤。

二

愁觉老来多，月是儿时好。
中秋拜月罢，催爷分梨枣。

平生最爱月（之三、四）

三

故园明月夜，月下坐瓜棚。
明灭旱烟袋，远近蝈蝈声。

四

月曾照母颜，月颜今似母。
隔世相见难，胡为默无语。

刘征

踏莎行·咏斑竹

《博物志》《述异记》载，舜野死，葬于九嶷山。娥皇女英二妃追之不及，以泪挥竹，竹尽斑。二妃葬君山，称湘妃。我来访湘祠，抚斑竹，竹上泪痕，几千年依然斑斑不灭。伟哉爱之力也！

万里惊尘，九嶷迷雾，君山南望伤心处。为君苦竹印啼痕，人间留作无声哭。

海易沧桑，山移陵谷，真情应是无穷数。枝枝叶叶向潇湘，年年岁岁斑斑绿。

当代诗词

十二家

题照

与孔乙己塑像合影，像在绍兴咸亨酒店门前。

同是书生倍觉亲，休言荣瘁判然分。

天公生我百年上，同是咸亨数豆人。

2

【第3季】

当代诗词

十二家

傅占魁

字岭梅，谱号瑞堂，祖籍江西修水三都，一九四七年一月出生于湖南益阳桃江诗书世家，当代诗人、诗论家、湖北作家协会会员，中华诗词学会高级研修班导师。

前些年诗词界流传过这样一句话——"天下诗人半在湘"，意在表扬湖南诗人写得多且好。观傅先生的简历，知其出生于湖南益阳桃花江，而傅先生的诗果然可圈可点，算是为这句话做了注脚。

　　诗人得有诗人的气质、诗人的模样，这气质与模样是人与天地相互作用而天然生发出来的，是诗人在诗句里自然流露出来的。诗人年轻时晨起读书，见东方白、桃花红、江天绿，心情大好，诗句喷薄而出。"青春如海我如龙"，此乃传神之笔，如泻瀑成川，飞狮猎食，势不能挡。《春日晨读》如果不是诗人的处女作，也应是早期作品，是其青春之作，与八指头陀少年时的"洞庭波送一僧来"相仿佛。

　　"青春如海我如龙"，这是傅占魁的诗歌宣言，也是其创作基调。他的诗歌常常有与天地独往来的精神，气韵通天贯地，语言劲霸豪迈。大物能在他的笔下腾挪有序，人在天地、时间、历史中自别有一种情趣。写《海鸥》是"一掠苍茫写白飙，横天来去自逍遥"；写《泛舟资江》也能"千山画卷云飞墨，一水琴横浪作弦"；写《水调歌头·游上饶灵山》，顺口就溜出来"悬崖栈道如带，星汉系腰间"。

　　当然，傅占魁的诗歌也有"小"或"柔"的一面，如《中秋卧病感事》，排律《风雨沈园行》《梦瞻古槐》等，都是可以细读慢品的佳作。

傅占魁

春日晨读

推窗欲借东方白，却见桃花映字红。
放眼江天烟雨绿，青春如海我如龙。

田间小景

声声布谷白云间，晓出犁田到暮天。
嫩草一筐牛自嚼，伴郎相酌小溪边。

西湖三潭印月

一湖莲动漾荷开，万顷清波溢玉醅。

水底嫦娥呼不起，还邀星斗醉成堆。

义宁晨练

一水风流碧，凝眸对凤凰。
白云牵又别，红日露犹藏。
剑拨松林雾，神行太极光。
惊疑峰有翼，数点鹭飞翔。

傅占魁

中秋鹏城对月

入夜，伫楼遥望，月倚东山，拨云而露。少顷，浓云黯然扑面，阵雨倾注，近九时，积云渐散，冰轮如浴，玉宇空明，乃赋。

楼巅今夜约，伫候不知更。

镜出天飞白，眸盈梦觉莹。

云遮云自去，雨诉雨还生。

万古唯流水，无程亦有程。

中秋卧病感事

独卧昏灯觅远天，中宵情思絮绵绵。

沉疴偏忆贾生赋，据榻犹呼太白仙。

脉脉云丝牵玉幔，婷婷娥女隔寒烟。

生来爱做醒时梦，人不长眠梦不眠。

雨日单调回汉车中

瞬间二十四秋黄，今日得归别水乡。

万顷棉云挥素帕，弥天冷雨滴刚肠。

茫茫道路何曾直，轧轧车轮未见方。

敢遣春风重送我，横空舒写绿千行。

春游

久居都市厌喧嚣，早遣情丝大野飘。

万斛清泉涤俗虑，满川碧浪扑眉梢。

花争一瞬飞眸摄，云共千峰逐梦翱。

几许天涯春做伴，逍遥长浴海江潮。

海鸥

一掠苍茫写白飙，横天来去自逍遥。

偏将素羽投沧海，犹许精魂托碧霄。

漂泊不知潮涨落，沉浮哪计雨喧嚣。

翩翩但有千秋种，万里长吟动玉箫。

泛舟资江

每梦儿时戏雨烟，今朝重坐小篷船。

千山画卷云飞墨，一水琴横浪作弦。

滩险几回微笑过，天高何处壮心圆。

温馨日抚粼粼送，万里慈眸总是牵。

雨后晨眺

朝起闲看星汉远，人寰疑未有尘埃。

雾行小径深深合，墨染层峦淡淡开。

听雨半随云外去，奔潮每自月中来。

沃原又值春风动，万里天舒入碧怀。

江边远思

生生不息千秋浪，万里长江一脉连。

滴水当融沧海立，寸心直与国魂牵。

漫看春色催黄叶，欲唤风雷镇乱弦。

正是逆舟争蜀道，纤绳不吝勒双肩。

偕诗友游修水程坊库区

相知不语自能详，并水驱舟向浩茫。
碧底花燃云让路，风前翠叠意飞缰。
才疑桨影迷天醉，蓦听山歌动地狂。
灵籁每逢衔魄去，一生晴雨两相忘。

满江红·咏马

何处奔来，狂飙起，潮翻浪激。霞涌处，日扬鬃焰，蹄生霹雳。啸海嘶云昂骥首，旋天挟地伸鹏翼。向苍茫，万里踏崎岖，无羁枥。

飞壕堑，驰峭壁；腾雨淖，追霜夕。思神行八骏，驭空无极。伯乐情逢知己泪，沙场血伴英雄滴。谒昆仑，莽莽骋高怀，披云立。

水调歌头·登大别山主峰

仰止主峰久，今日始登巅。茫茫环顾无物，云扑复云连。驻足孤崖远眺，引颈一声长啸，万籁起和弦。挥手舒天翼，百会古今贤。

花含笑，山擎骨，水随缘。潺潺何处流响，寂寂自飞泉。雷雨一时喧闹，绝壁几悬肝胆，步步付相牵。抚过沧桑后，仙境在身边。

水调歌头·时间

万物不离我，我住自然中。空间是我兄弟，无始也无终。举起一轮红日，推着星河旋转，处处见行踪。潜入年轮里，化作万山松。

沧桑变，枯荣幻，自春风。黄金流水评说，得失古今同。某地曙光初现，某地暮烟笼罩，不共一时钟。我伴人间乐，嘀嗒总匆匆。

沁园春·雨日瞻仰白鹿洞书院

一洞天开，碧落群峰，玉散月台。仰虬松龙爪，摩空攫地；枕流涧带，漱石缨崖。蕉卷清心，竹擎高节，桂影莲姿远俗埃。思贤处，问呦呦白鹿，何日归来？

几番梦醉蓬莱。漫融得、神同万物谐。驾天涯大气，风驰雷搏；鄱阳白雨，烟绕云裁。写意峰巅，潜情谷底，五老飘然掬寸怀。追先哲，觅源头活水，潮涌山排。

沁园春·长江

　　梦醒昆仑，远古流来，云矗亚东。系狂澜万里，天峰骨裂；夔门一线，地窟飙冲。三楚腾烟，五湖撒野，莽荡随心走玉龙。风鹏起，卷茫茫泽国，浪簸苍穹。

　　生生浩渺魂雄，问亿载沧桑几吐虹？令葛洲截坝，丹池嫁北；荆洪分路，高峡浮空。激浊扬清，裁弯取直，牵水驯江任美容。我来了，共瑶姬倩影，千古融融。

满江红·携昊儿登黄鹤楼

百载重归，骑黄鹤、翘檐展翼。驰远目，道通九省，塔摩天脊。两水飞舟催浪阔，一桥飙电追云织。俯惊涛，万里卷烟茫，穿空壁。

沱沱泪，昆仑积；同一脉，胸和翕。睹沧桑兴废，气清污涤。劫后余生情更远，华中丽日天重碧。驾雄风，九派翥江鸥，舒长翮。

思远人·雨日朝辞总口

二十世纪六十年代下乡，今单调回汉，家小仍滞留原地，感慨系之。

叶坠荷枯秋水淡，朝雨送孤客。残红销尽，何遗莲子？泥藕空心得。

苍天亦作无声滴，地泼浓烟墨。杉舞笔千支，坎坷一抹，写尽江山色。

水调歌头·瞻秭归屈原祠

几叩灵均哭，每泣梦中惊。巨星悬挂天际，千古吐光明。不管霜凌雪蔽，只顾心燃玉耀，孤直浩然行。乐坏礼崩矣，一赴汨罗清。

江流去，雷霆动，血犹盈。飘飘一羽，湖海何处听家声？地欲埋材于秽，天问苍凉不语，无解也无争。故国魂归路，蒲剑起骚鸣。

贺新郎·中秋对月

　　一曲知音唤。伫高楼，舒怀独眺，渺茫星汉。几缕云丝飘又住，撩起轻柔纱幔。娥女现，明眸顾盼。万里长天波浸透，洗炎凉，丽影生来灿。魂已醉，梦犹幻。

　　腾空我欲飞来见。叹环球，无情引力，几多羁绊。凭问地平遥目处，可有凌霄云岸？风乍起，襟张如扇。直上广寒宫外去，掬红豆，一掩银河满。联袂舞，倚天侃。

水调歌头·游上饶灵山

　　梦几灵山约，雄踞信江边。缆车携我飞去，终遂美人缘。一缕晨曦撩醒，万仞轻纱漫卷，倏地盖头掀。翠竹笙箫动，云袖舞翩翩。

　　清泉漱，风梳罢，彩妆嫣。悬崖栈道如带，星汉系腰间。昂起九霄龙首，旋转扶摇鹏翼，太极画坤乾。气向天梯聚，神入万峰巅。

喜迁莺·小住木兰湖

　　琼楼梦醒，正日出羞红，湖山雾靖。菊蕊香横，竹林云立，风起碧波千顷。聆听鸡鸣鸟语，闲坐回廊天井。水车动，泡一壶新茗，由心驰骋。

　　悠然尘外境。仙乎？人乎？扰攘俱虚静。好月无多，真知有几？难得会心如镜。但愿广寒蟾桂，化作湖涛清影。行天去，借木兰剑气，令星河耿。

风雨沈园行

断肠何处家，常梦情人谷。千里访沈园，但见春波绿。雨中人寂寞，怆然独踯躅。忽地起悲风，谁人动哀曲，疑是放翁泣，抑或唐婉哭？泪滴石留痕，泪滴斑斑竹。泪滴春池涨，泪滴虹桥浴。驻足诗壁前，不忍泣血读。两阕钗头凤，千古并肩矗。相距不盈尺，却隔银河瀑。本是鸳鸯颈，棒打何其服？本是并蒂莲，为何刀剑戮？锁链何其多，荒蔓弥世俗。倏然荣禄事，明灭转复烛。我欲问苍天，爱巢何处筑？是泉自清清，是花当馥馥。爱乃天地生，生生谁能逐？

梦瞻古槐

万古何为宅？常作天涯客。披肝竭愚诚，不觉头飞白。
日夜思归程，梦里春风生。微躯忽羽化，翩翩一何轻。
云涛遁眼底，山河扑我怀。倏然尘埃落，遥遥见古槐。
泪盈盈之夺眸兮，何人生如水去滔滔？膝曲曲之叩首
兮，何天旋地转之摇摇？其灵苍苍，其根长长。生兮何
守？子之依娘。君不见：高槐半入云天外，铁黎画戟攒
长空。君不见：浑身龟裂凝成茧，依旧盘盘绿芙蓉。树
根数丈黄泥里，纵横脉脉相交通。人道是：阴风摧万木，
独此屹如山。洪涛何漫漫，根基几千年。电击何伤，雷
轰无妨。鸟来巢暖树，日炙人依凉。恋侣槐荫护，笑它
蚁国狂。侧耳听：万叶千枝语籔籔，母亲日日声声唤。

地平线上望儿归，可知一伫思无岸。春日思兮鹃啼血，夏日思兮火云烈。秋日思兮风萧萧，冬日思兮啸冰雪。如听泠泠泣诉声，膝下怆然泪纵横。醒来唯觉枕席湿，心魂犹系槐花馨。不怕飘零似秋叶，一生豪气挽虚弓。堪笑归来空两袖，但留月挂泰山松。情恋恋，意雄雄。龙归海，雁思风。长使寸丹凝铁血，化作古槐，年年春色碧千重。

杜甫颂
——谨以此诗纪念诗圣 1300 周年诞辰

天地心何立？托命降人寰。曙破一声哭，烨出南窑湾。

家传忠孝义，仁雨洒云端。少小屹笔架，万卷起波澜。

诗慧乃天赋，七岁吐凤凰。胸生泰山立，凌霄矗脊梁。

适逢华夏盛，万国朝东方。英雄潮涌出，剑气何雄狂。

壮游逢青莲，仙圣契千年。星河双子座，日月相辉妍。

酒邀梁宋醉，齐鲁梦同眠。一朝泣别后，云水思绵绵。

君不见：天中日荫蔽，大地横烟霾。君不见：志士思报国，奸佞嫉贤才。长安一困竟十载，饥雨寒云冻不开。踉跄欲借酒神携魄去，忽闻云霄恸哭撕心来。咸阳桥上黄尘愁，兵车辗过天也揪。何忍生灵抛荒野，森森白骨雨啾啾。大雁塔上一长望，苍梧眉皱何忧忧。举国安逸君独醒，风烟天正暗神州。安史乱，骤雨逼，八年浩劫乾坤黑。望月思亲何日圆？千村黎庶血同泣。家国萍飘惊梦哭，梦里江河眸共湿。褴褛麻鞋见天子，泪盈佩巾肝胆赤。自古用人才大难，从来直谏枉披肝。贤路崎岖仍踏险，忠魂无托岂辞丹。诗史三更三别出，瘦骨敢教蜀道寒。一头白发遥征北，犹思国运解危滩。剑门过，浣花溪，人生行处几虹霓？娇莺戏蝶桃红里，清词且共酒壶携。秋风破屋自无眠，却念苍生无室声凄凄。缆中白帝系崖处，生如细草风何撕？唯有故乡流不去，片云天远寸心中。沙鸥终不泊，江流天地空。弥留伏枕犹书志，眸深水阔仍从容。壮怀无落日，百代仰昆仑。一读一聆诗史哭，每临风雨唤诗魂，唤诗魂……

郴州永兴行

夕别黄鹤楼，朝识秦少游。千年梦里相思久，一眸秋雨便江流。彩球飘曳笑盈盈，倚空荡漾垂长缨。天桥遥对双虹落，夹岸青山列队迎。诗俊如云，海客纷纷。枕衡峰兮同啸，恃南岭兮高吟。船山一唱群峰和，阵阵天风侧耳听。飘然宛见徐霞客，引我醉入画中行。丹崖壁削映清江，江在丹崖云雨乡。千环百转烟霞幻，渡头蓦地解牵缆。如箭离弦付漂流，同舟共渡百年修。卸去一身尘世甲，无羁无绊任沉浮。双舟戏水释童心，水珠顿洒满天星。舟头湘女歌声起，水样明眸水样情。竹青青兮颔首，鹭亭亭兮驻足。依稀星外来仙乐，浑如人在银河浴。忽地雷霆落九垓，悠然跌入浪峰堆。几声惊讶眸初定，又遇劈崖贴面来，礁欲龇兮转回流，蛇吐信兮盘成球。骚人招手虹桥过，金童玉女云优游。藤萝附木，阴阴苍苔。赭崖百仞，悬棺洞开。水色渐深波面宽，山青水碧抱云看。庞然一象淌水过，欲吸田螺鼻上盘。中流狮石，白首粼粼。破空飞栋，灵泉津津。停舟拾级上云崖，蟒洞临波一寺开。满江烟雨琉璃动，为我一倒千樽醅。神农百草应犹在，碧魂霭霭云间生。孔明战阵今何在？羽扇犹挥云千层。欲问洪秀全，天国居何倾？千里瞻黄公，战刀拨江舲。人间险道何容直，昌黎旧路今仍屈。幸有淑女相搀扶，我情不负天生骨。愿得此生拴缆文公滩，斑鬓尽染青山色。

观魏治平白云阁月夜雪梅图即兴

白云阁前绘梅阵，银宣四丈浮云骏。人潮争涌睹风姿，治平虎虎中军镇。眉宇寒光未展开，胸头似已游千仞。虬枝刷刷出强腕，铁铜森森破云端。骨铮铮兮卓立，剑凛凛兮生寒。笔下长圆寒香月，毫端玉塑千山雪。云烧霞破冻，六合舞霓虹。朱颜迎日醒，独笑唤东风。正草隶篆行共题，梅株枝枝为书行。有说其画不为画，当是一团气行空。有说其书不为书，当是出谷走苍龙。李白挥毫洗笔池，魏公濯罢水成炭。"壮观"飞泉展长卷，游人拍照啧啧赞。更有远客翘拇指：梅擎华夏凌霄汉。自言废画三千纸，日积月累总盈尺。东南西北满墙梅，相间开放点丹痕。路旁灯下舞大笔，夜深无人路成林。

傅占魁

古今画谱常持手，静中苦苦先机寻。四季写生到梅岭，春夏秋冬得真境。中宵香共吮，拂晓独清吟。夏日无花也探望，梅妻鹤子有今人。不见梅花相思苦，无朵但看虬枝横。秋后暗香多绿叶，枝枝叶叶总关情。西风推尽繁枝老，又遣孤身访梅林。梅枝犹如舞太极，以梅为师天地清。梅也拳也亦人也，非梅非拳亦非人。长味摩诘韵，一敞放翁胸。对啸板桥竹，促膝大夫松。邀兰馨之缕缕，融橘颂之高风。我亦梅痴琼阁立，疏狂直舞青天笔。携梅走天涯，日日吐奇葩。

观端木梦锡和魏治平合作梅鹊图

百岁梅王端木老，童颜鹤发少年心。治平花甲如赤子，
浩荡无羁大气行。大地飞来二丈纸，璧合珠联梅鹊魂。
脱鞋举笔如椽立，强腕泼墨走雷霆。横波春水染，积翠
碧生风。一树青山色，叶叶展飞鸿。飘零旷羽醉苍颜，
清流奇骨化涅槃。铁鞭丛剑擎龙脊，翔蛟千折何蜿蟠。
露晶晶兮蕴玉，月皓皓兮飞骧。纵然花待发，相对韵悠
长。云寒大野，风泣长门。冰谐琴瑟，锵然有声。幽崖
为室兮鹰为侣，羲皇为魄兮霜为腮。百花胆破朱颜逝，
唯有梅君踏雪来，独蕊先开天地暖，万朵凝枝烈焰催。
长穹云鹊飞来嬉，放翁再世亦相思。孤山疏影千年梦，
暗香代代有情痴。君不见：浮云显势终寂寥，灯红酒绿
俱烟消。且共梅魂噙秀色，高标卓立绝尘嚣。

3

【第**3**季】

当代诗词
十 二 家

周啸天

四川达州渠县人。四川大学文学与新闻学院教授，安徽师范大学中国诗学中心研究员，中华诗词学会顾问，四川省诗词协会名誉会长，第六届鲁迅文学奖诗歌奖得主。著有《中国绝句诗史》《简明中国诗史》《诗词赏析七讲》《诗词创作十日谈》《周啸天谈艺录》《啸天说诗》（六册）、《将进茶——周啸天诗词选》等，主编有《唐诗鉴赏辞典》《诗经楚辞鉴赏辞典》《元明清诗歌鉴赏辞典》『历代分类诗词鉴赏』丛书（十二册）。曾获《诗刊》首届诗词奖第一名、第五届华夏诗词奖一等奖、二〇一五『诗词中国』杰出贡献奖等。

川人周啸天，四川大学中文系教授，知名学者。同时，作为当代具有影响力的旧体诗人，周先生知道如何用诗歌这种形式表达一个人文知识分子的价值取向与社会担当。

　　诗歌的力量来自哪里？一是对人性真善美的开掘与赞颂，二是对社会丑恶现象的揭露与批判。所谓诗人就是能够先于他人感知天地炎凉、人间忧乐，及时给社会播撒正气、校正时风的人。无疑，周啸天的创作在表现现实生活、针砭时弊、追求思想高度等方面，凸显了诗歌的力量。

　　作为学者型诗人，周啸天的诗歌语汇丰富、用词讲究、怡人眼目、知识含量高、艺术含量足。特别是坚持传统、化旧为新、化古为新的表现手法，值得称道。《贵州某地斗牛》描写人兽同源，探讨人与自然该如何相处，读来惊心动魄，令人感慨万千。

主编评语

重见摩诃池①

百年居锦水，无梦到摩诃。

共羡菱荷美，其如土石何。

一朝得旧址，千亩漾清波。

精舍西邻近，微风送赞歌。

① 摩诃池位于成都中心，始建于隋文帝开皇二年（582），唐德宗贞元元年（785），节度使韦皋开解玉溪，与池接通，前蜀时被纳入宫苑，占地千亩。民国三年（1914）被填为演武场。2023 年于原址重建，当年 7 月 14 日正式对公众开放。

【第**3**季】

续宽宏题半坡居同学会相册①

一路上坡还下坡，半坡茶叙乐呵呵。

伊人可是玉兰子，俊角相扶王大哥。

因地主宾成感慨，果城岁月不蹉跎。

赏花更作重阳计，休道人生去日多。

①半坡居在成都三圣花乡。本诗第三四句写王宗云就读南充（号果城）师院时夸玉兰子不离口，此日伉俪同来。"傻俊角，我的哥"出自明代民歌《锁南枝》。本诗第五句写朱顺林买单尽地主之谊。
附宽宏《题半坡居相册》：争看册中谁是谁，人人老脸有光辉。半坡居里红尘远，水镜场边绿树围。男女无间频合影，盘飧有味尽干杯。开心一日同窗会，乘兴而来尽兴归。

借景

柴门无钥对江开，次第风光扑面来。
赊酒须为东道主，偷师适有右军才。
三径不愁人洒扫，百花曷用我栽培。
从来佳茗陪佳丽，更拓阳台为露台。

西江月 · 泸沽湖风情

缥碧千寻见底，湛蓝万顷当头。对歌白雪夺人眸。
彩缎乌云挽就。

草海空灵深邃，水仙宁静温柔。摩梭①笄女在花楼。
还不翻窗甘受。

①摩梭，一个具有特殊文化的群体，至今还保留着母系社会的特点。
男子走婚女家，虽互不独占，配偶亦相对固定。

周啸天

将进茶

余素不善饮，席间或以太白相诮，退而作《将进茶》。

世事总无常，吾人须识趣。空持烦与恼，不如吃茶去。世人对酒如对仇，莫能席间得自由。不信能诗不能酒，予怀耿耿骨在喉。我亦请君侧耳听，愿为诸公一放讴。诗有别材非关酒，酒有别趣非关愁。灵均独醒能行吟，醉翁意在与民游。茶亦醉人不乱性，体己同上九天楼。宁红婺绿紫砂壶，龙井雀舌绿玉斗。紫砂壶内天地宽，绿玉斗非君家有。佳境恰如初吻余，清香定在二开后。遥想坡仙漫思茶，渴来得句趣味佳。妙公垂手明似玉，宣得茶道人如花。如花之人真可喜，刘伶何不怜妻子。我生自是草木人，古称开门七件事。诸公休恃无尽藏，珍重青山共绿水。

诗词当代
十二家

悼亡

说好不分手，奈君不留行。泉路难追送，交亲久含情。

平生恒有待，今夕唤无声。枕畔失鼻息，壁间有图形。

量子神若在，目语类温馨。幸有二三子，风咏结同心。

委心任去留，可以慰平生。人言我当徙，睹物会伤身。

徙倚不能去，三夜频梦君。君去我何适，形影随无因。

因询及爱犬，咨嗟词甚殷。汝必善待之，犬吠知汝宁。

更有殷勤嘱，声出已复吞。兹室存浩气，安稳守本真。

徽州民居

一湾牛腹堰，两面马头墙；三雕皆吉画，四水收明堂。闲过南屏篱落疏疏访菊豆，偶来西递牌坊巍峨话甘棠；明清建筑旧貌在，徽州民居天下扬。伊昔天下皆攘攘，毁宗谤祖处处忙；山野之人觉悟低，水洒泥封苦珍藏；黜书语录称万岁，投鼠忌器小将惶。时过境迁还故物，前人种树后乘凉；财源滚滚来行旅，天下始得重徽商。君不见成都老皇城，千百年间费经营；一朝墙倒众人推，老街易作反修名。名易改，城何辜，至今痛煞老成都。

太白醉月歙砚歌

屯溪四月风雨夕，细雨飘洒老街石。老街店铺连云屯，
何物能招回头客。天下女人爱珠宝，我生恋石也成癖。
案头清供簏中贮，堪笑平生几量屐。久闻美石出老坑，
歙民家家割紫云。体积深暗猪肝赤，碧眼圆润绿瞟纯。
地着金晕到青晕，线列水纹更眉纹。远道贩石来西蜀，
能工绎思巧布局。简装不掩材质美，绝活定教天雨粟。
镂空惊鹊别枝梅，风吹峨眉山月来。月影斑驳在诗卷，
玉山自倒卧苍苔。意匠运斤浑无迹，神品入手焉能释。
凡物徒赠固不受，此刻千金轻一掷。交易既成店主舞，
我亦归来矜所获。拆封开灯照昼锦，公诸同好似传璧。
辞亲去国话当年，从公行者吴指南。炎月指南洞庭死，
伏尸泣血不独还。大鹏同风转低迷，窦圌山下草萋萋。
我今携尔还蜀去，子规休向耳边啼。

中秋引

节至中秋天作美，茶楼侍坐二三子。于今教授未全贫，是夕月华清似水。恍若春风浴沂时，璧月沉沉素瓷底。以吾一日长乎尔，盍各言志毋吾以。率尔哂由由勿嗔，喟然与点点莫喜。从政种宁有王侯，为学心当如止水。云英可能不如人，殷浩从来宁作己。古人千里与万里，相遗端绮心尚尔。此生此夜须尽欢，明月明年何处是。

玉树二首录一

不往高原去，焉知抢险难。

有风氧气薄，无雪夹衣单。

滥震何为地，精诚可动天。

昔闻格萨尔，定力至今传。

春晚聋哑人舞千手观音

天人千手妙回春，族类同痴泪不禁。

失语时分存至辩，无声国度走雷音。

花光的历飘香久，法相庄严蕴慧深。

引领慈航成普度，神州除夕降甘霖。

天泰园白鹭

漠漠水田凭尔翔，争知稠院隐回塘。

三餐不素偷为乐，独腿常拳伴忍伤。

观赏鱼劳贼惦记，珍稀鸟待客端详。

主人抓拍成惊扰，一片孤飞雪打墙。

访杜甫纪念馆

斯人一敛春秋笔，此地空余笔架山。
既断曹刘难并驾，何妨屈宋作衙官。
极评须到千年后，妄议休凭十首前。
今日故园开甲第，富儿趋鹜共流连。

贵州某地斗牛①

声息潜通两觳觫，临场罢斗色凄凉。
人心恐未安于此，兽道元来狠有方。
萁豆相煎伤尺布，原田偕作恋斜阳。
凭君莫话斗牛事，必不甘休易以羊。

①两牛于对撞一刻罢斗，同类相认故也。

红军文化陈列馆

万家墨面苦秦久，半卷红旗张楚来。
子弟八千均土地，妇姑十九做军鞋。
若非猿鹤虫沙友，都是樊滕绛灌才。
试问初心何处觅，疏行大字凿苍崖。

锦里逢故人

涸辙相濡亦偶同，茫茫人海各西东。

对君今夕须沉醉，万一来生不再逢。

朝天峡

乱石当空累十丸，网箍桩铆冀平安。
人心毕竟思维稳，便到千钧一发间。

流水

流水高山自古弹，鼓琴不易听琴难。

凤凰安得麒麟合，旷世无胶续断弦。

江难二首录一

羊角天方夙有闻，猝逢十九莫逃生。

血写文章教尔汝，万般不可顶风行。

戊戌春日植树天下诗林

予今种树汝乘凉，欲赠苹花异代香。

汝坐霞光千道里，忆予曾对此斜阳。

珠峰

八千米雪柱晴空，休把寒冰语夏虫。

剧怜孔子小天下，未识人间第一峰。

一剪梅 · 重访狮子山

　　弹剑当年奏苦声，不愿他生，唯愿今生。来逢千里共长行，窗外眸明，柳外花明。

　　十载萍踪访旧程，鬓尚青青，树尚亭亭。芙蓉城到牡丹城，去也关情，住也关情。

浣溪沙·九眼桥望合江亭

又值风清月白时，书传云外梦先知。绿窗惊觉细寻思。

亭合双江成锦水，桥分九眼到斜晖。芳尘一去邈难追。

柳梢青·三苏祠

三苏名重，岷江源远，眉山如画。遥想当年，一门双桂，伊人初嫁。

去来弹指匆匆，惜风月，悠闲无价。唤起词仙，衔杯屏妓，为予清话。

柳梢青·同学会

竹马观花，青梅压酒，并长賨城。巷尾悲歌，街头辩论，不是书声。

重逢乍见须惊，却道是、人间晚晴。六十年华，四十体魄，二十心情。

苏幕遮·上青藏

及良辰，将胜友。与子偕行，与子偕行久。小别重逢一握手。唐古拉山，唐古拉山口。

镜湖平，阴岭秀。雪积云端，雪积云端厚。好客人家处处有。熟了青稞，熟了青稞酒。

行香子·印象高原

　　影指家乡，心向天堂。转经筒、百转回肠。天蓝云白，隆达飘扬。有火之红，水之绿，土之黄。

　　风过湖面，人上山梁。等身头、四季糇粮。弥空幄帐，遍地牧场。点野牦牛，大青马，藏羚羊。

当代
诗词
十二家

行香子 · 塔尔寺

户有香茶，邻有娇娃。爱风流、一品袈裟。望穿秋水，不愿还家。想乔达摩，梁武帝，宗喀巴。

朝霞堆绣，壁画当衙。话当初、枉自嗟呀。披红着紫，偏宜喇嘛。问骆驼草，菩提树，格桑花。

行香子·八台山日出

巴山绵亘，八叠为峰。几千转、跃上葱茏。气违寒暑，服易秋冬。竟霎时雾，霎时雨，霎时风。

雀呼起早，目极川东。浑疑是、开物天工。阴阳一线，炉水通红。看欲流钢，欲流铁，欲流铜。

4

【第 3 季】

当代诗阅

十二章

倪健民

浙江杭州人，曾任中央政策研究室秘书长、中华全国总工会副主席。《中华辞赋》顾问，清华大学荷塘诗社名誉顾问。出版有《倪健民词稿选》等专著。

倪健民的诗用"风流儒雅"形容比较恰当。读倪先生的诗，我的第一感受是优雅、温润，他的诗是杏花春雨江南的模样。倪健民是杭州人，杭州的传统文化积淀深厚，西湖水荡漾的是唐风宋韵。地域文化对一个诗人的影响是重要的，可以说倪健民的诗歌既是儒家文化熏陶出来的，也是江南山水养育出来的。

　　"天人合一"是中国人宇宙观、哲学观的要义。山水通人，人亦通山水，成为中华旧体诗歌的基本精神。所谓的形象思维也就是要借自然之物，表创作者的心中之念，如此这般，诗才是灵活的。这种由《诗经》奠基、定调的诗歌创作方式影响至今。事实是，一个写不好自然之物的汉语诗人不可能成为优秀的诗人。

　　倪健民的诗将自然山水与人融为一体，透出一种骨子里的自信。目之能及、步之能达、心之能放，皆是其创作方式。他写眼前看到的、周边变化的、心中想到的，思绪与笔墨不做不着边际、天马行空、大而无当的豪言壮语，而是句句落到实实在在的物上。这样的写作与假、大、空拉开了距离，真切、实在、可信。也正是身边这些可亲可触的自然景物，呈现出倪健民诗作的优雅与温润，而从这些优雅与温润的诗里，我读出了一颗江南才子的诗心。

倪健民

春日湖上

湖翠春骑簇，天青碧潋流。

浪翻花影灿，波漾锦云浮。

宝塔晴霞染，奇峰薄雾收。

闲情何处有，浩渺泛轻舟。

钱塘中秋

玉露花间落，金风载酒来。

炖鱼香满屋，蒸蟹味盈台。

江近烹鲜聚，诗成醉客裁。

蛩鸣明月静，韵雅几悠哉。

龙坞问茶

微雨龙湖静，柴香暮色浮。

云烟飘逸想，花影带轻愁。

望望三山远，吟吟一径悠。

亭台栖过客，清露向初秋。

珠江小寒

昨起冬风急，潮移絮语同。

枝寒闻绕鹊，天净见飞鸿。

海角云无尽，山巅雾不穷。

思家宵梦远，月冷一江融。

西花厅海棠花

万朵飞云动，凝枝国艳霞。

垂丝开似锦，西府秉无瑕。

满径英姿玉，千年宰相花。

人间欣得瑞，岁岁吐芳华。

除夕花市

水暖沧波静，云开迤逦归。

江楼连叶翠，花市涌霞晖。

百宝珠轮转，千幡紫气依。

今宵春有势，十里彩灯飞。

七仙岭沐泉

仙岭灵泉隐，花间玉液香。

汤温千载久，池暖六时长。

水澈浮尘去，山岚紫气藏。

柔风摇絮语，霞满醉天光。

三亚岁暮

海阔天涯暖，沙洲宿鹭身。
烟浮青稻地，岁晚绿蓑人。
岭树千寻茂，琼花万丈春。
缘何惆怅少，李杜永相邻。

灵隐寺夜宿

宝刹林中隐，天香夜更浓。

冷泉凝漱玉，鹫岭宿乔松。

池映千轮月，烟生一杵钟。

披衣寻桂子，拾级看双峰。

冬雪

飘飘飞絮至，款款御风行。

起舞千山小，凝华万壑平。

岚光寒色重，暮影冷辉清。

几处琼枝动，朦胧翠竹明。

书包吟

春夜深更寂，灯前慈母忙。行针匀且密，引线顺而长。望子心无尽，期儿爱有方。绣雏添异彩，展翅欲飞翔。稚幼学龄子，求知上课堂。书包装志气，蜡笔绘阳光。致思习题紧，凝神吟诵忙。寒窗千万苦，明日早成梁。

颐西山庄秋色

一

半塘云彩半天红，半树斜阳半隐中。
可奈秋山黄叶淡，一樽浊酒一闲翁。

二

秋晚山凉肃气浓，菊黄叶落寂寒蛩。
频闻鸽哨飞空宇，又引诗情上九重。

倪健民

西湖春秋景

一

六桥烟柳映波光，一抹山云画卷长。
红雨翻空腾细浪，也随春水引双鸯。

二

平湖如镜一琼楼，望月当空万顷秋。
对影成三斟美酒，也无欢喜也无愁。

诗 当
词 代
十
二
家

南湖红船

南湖碧水起红船，四海惊雷越百年。

主义至真头可断，初心殷切语犹传。

赴汤自有凌云志，蹈火当须快马鞭。

万里关山轻棹过，东方日出破苍烟。

富春江大沙村

晚灯初上大沙村，岸转青山露霁痕。

七八新居篱菊隐，两三丰垛草柴囤。

枝繁棚架依渠壮，鱼跃河滩漾水浑。

天外归云飞不动，且随美景醉乾坤。

开化青蛳

芹江水好纵横游，野涧青蛳上酒楼。

香满盘前犹引盏，味鲜箸下岂能休。

蛮腰细细肥鹅壮，嫩壳嗞嗞闹雀啾。

最是友情如玉醴，一杯冰皎映轻舟。

景德镇青花瓷

水云萌动涌蓝花，玉宇天青润翠霞。

素雅怡然惊四海，端庄绚丽赞千家。

缠枝脉脉升莲瓣，蕉叶连连出凤芽。

万顷琉璃光影里，江山一展碧无瑕。

额济纳胡杨林

云光一叶纳苍茫，金韵斑斓水彩镶。

地老虬枝风骨硬，天荒傲干气矜刚。

林岚缭绕含霞美，树影婆娑吐月黄。

清坐石盘心自静，看移星斗碧湖旁。

倪健民

次韵杜子美九日蓝田崔氏庄

玉露金风海宇宽，雁行一字甚相欢。

云开湖畔呈龙甲，菊立篱前隐凤冠。

莫倚竹竿吟骨老，会须禅榻悟蛩寒。

天涯多少思乡客，向夜登高对月看。

当代
诗词
十二家

步韵贺香港林峰先生九秩大寿

光动星驰岁序更，久瞻泰斗锦篇横。

清才可挹银河水，丽句能争玉磬声。

威凤下霄云五色，文螭戏海瑞千城。

欣闻九秩如松鹤，庆贺当歌万里情。

苕溪秋晚

秋晚疏林落叶飘，双溪渡浅漾舟廖。

四维风露寒声近，一磬浮烟暮色遥。

止酒不妨陶令乐，谈禅应共远公昭。

云深尚有闲情处，八万尘劳点点消。

七秩书怀

东风坐我读书斋，入户青山境自佳。

云暖轩窗千善守，清涵石壁万忧排。

文章卷里寻真乐，觞咏杯中索趣偕。

七秩春秋人未老，更将李杜展襟怀。

慈母头七述哀

千山风木呼天恸，滴血红梅掩泪看。
追昔抚今心腑痛，焚香泣跪烛光残。
伤魂最是行偏远，遗恨方知侍已难。
梦寐东园无见母，夜深月冷倍凄寒。

沁园春·元旦

　　四序新元，万物初醒，旦复旭阳。看天开云幔，霞光灿灿；海涵日镜，碧色茫茫。冬去春迎，冰融雪化，赤县山河锦绣长。天晴好，送蛇年旧岁，上马翱翔。

　　年华似水时光，唤激荡东风意气扬。喜笋芽破土，春雷迸响，茵茵小草，齐竞芬芳。岳穆丹心，放翁壮志，只为苍生与庙堂。殷殷梦，愿大同寰宇，邦乃其昌。

满江红·祁连山

　　大漠千年，苍茫处，烽台隐现。风雨骤、马嘶剑啸，请缨求战。一片壮怀吞日月，万波伐鼓鸣雷电。见分明、霹雳舞长空，冲霄汉。

　　军威劲，豪气满；龙吟切，烟飞散。看驱除鬼魅，灭敌平叛。将士身躯成砥柱，江山一统凝神箭。向九天，酹酒敬英雄，千秋赞。

风入松·恒山

　　登高远眺百峰青，恒岳初晴。烟岚缥缈虹桥起，似琅嬛、仙趣横生。暖日花梢浅醉，晓风柳萼闲情。

　　只听渔鼓响山声，瑞气相迎。一帘萧瑟轻飞过，到如今、又是春明。岩下声声白鹭，耳边处处新莺。

倪健民

风入松·万峰林

　　万峰浮宙漾青霄，奇胜多娇。登山面览神骑出，奔千里、昂首萧萧。丛立攒天锦簇，霞生悬壁琼瑶。

　　转山纡紫气环缭，翠彩如潮。纳灰河畔炊烟袅，掩人家、老树芭蕉。云起芳林景丽，风来晚稻香飘。

风入松·梵净山

山岚涌动武陵巅，飞彩流丹。九龙盘舞凌云势，跨苍穹、蔽日吞烟。一柱昂天独秀，八荒顶礼参禅。

深崖霄壁索梯悬，手脚攀援。俯看群阜飘然出，恰如那、玉蕊青莲。花俏风柔境幻，峰高梵净天宽。

沁园春·青城山

月上轻舟，古渡飞悬，玉洞静幽。仰天师圣府，仙风犹在；玄宗碑迹，亘古长留。问道青城，沧桑历历，仰望苍穹听水流。微风至，且清心寡欲，观复登楼。

悠悠九派曾游，望天外、烟霞万里收。喜巍峨峻峭，巴山秀秀；潺湲溪涧，蜀水由由。道贯乾坤，空灵不老，百草呈祥元化浮。悟天道，看清澄世界，虚静千秋。

念奴娇·洱海月夜

苍山远眺,望星空万里,一轮明镜。今夜渔歌犹唱晚,人在琼台仙景。我欲乘风,逐龙踊海,追捧光明顶。天河浪涌,水中如画相映。

岸柳起舞翩跹,霓虹闪烁,上下溪光炯。街市人喧车马闹,玉洱今宵花盛。漫步长廊,烟波无际,潋滟浮云影。轻舟划过,碧连银月清静。

刘炜霞

中华诗词学会会员，丹东市诗词学会顾问，辽宁省互联网协会诗词楹联网络传播工作委员会副秘书长。与人合编《诗话鸭绿江人文》。

读好诗是一件很享受的事情。因为好诗会引导你对一些司空见惯、习以为常的事物生出新的见解，对世界产生新的认识。比如我以前只觉得世界是大家的，好像是谁编了个程序将世界放进去，然后便是亿万斯年周而复始有规律地运行、复现。因此我说世界是"旧"的、恒定的、没有什么变化的。但是读了刘炜霞的《西江月·秋夜》《西江月·秋月》《少年游·无题》后，我发现世界其实更是个人的、"新"的。大家的世界千篇一律，个人的世界才千姿百态、精彩非常，这便是世界与人的关系。

这三首是抒情词。月亮作为传情媒介，成了诗人眼中的一件玩物。第一首里的月亮如秋风吹寒，梦丝成茧；第二首里的月亮如小灯常挂，照彻"初衷"，疗人伤痛；第三首里的月亮被光阴挤压成弧，往事时隐时现。情爱缠绵如此，非诗不能达，非作手不能到。

让情感在诗中自然流露，是诗人刘炜霞的高明处，亦是其成功处。刘炜霞没有随时潮所动，指点江山，激扬文字，而是以女性视角与思维，绵绵密密地写她的生活、她的伤感、她的无题与有题。

诗是感性的。情到深处，真诗人便会笔到神来。似上天帮助你绘制意想不到的画面，帮助你写下意想不到的诗句，此时，你就获得了整个世界，俨然一个畅游世界的快乐人。

西江月·秋夜

　　玉镜照谁墙上，清光落我窗前。西风忽地九天翻，牵手浮云两散。

　　何事恨它透顶，无端将爱吹寒。为情颠沛一年年，梦已缠丝成茧。

秋怀

客在他乡路欲穷，幸逢小径及时通。

风吹木叶纷纷坠，霜打园林处处空。

簪菊何妨妆白鬓，题诗未必借丹枫。

闲翻竹杖芒鞋句，一读心情便不同。

刘炜霞

南歌子 · 包粽子

苇叶轻轻折，粳粮默默填。绿衣合起事初完，菱角再将七彩线儿缠。

系个深情结，求他幸福缘。每于端午节之前，寄向天涯为汝报平安。

早春

二月东风入夜来，潜踪携雨润青苔。

一年愿景犁先垦，百座温棚蔬果栽。

浣溪沙 · 秋枫

　　一被题诗便不同，骚人奇笔立奇功。寻常风物意无穷。

　　自带相思离上苑，更随流水出深宫。满怀心事透腮红。

西江月·秋月

万古未辞遥夜，一灯久挂初衷。照人离别照人逢，更疗身心伤痛。

忍我两行珠泪，念他千里飘蓬。百年即使梦非空，可认当时面孔？

刘
炜
霞

西江月·无题

　　唇角一丝愁淡，额头几道纹稀。一生执念只为伊，谁料如今老矣。

　　默默铺平宣纸，轻轻诉说心痴。待它花信再来时，化作春风陪你。

诗　当
词　代

十
二
家

148

清平乐·春日有思

云移雨霁，岭放桃梨李。渲染三春三万里，一望青葱无际。

常思那座燕山，常牵那份尘缘。别绪虽然日久，泪珠未许风干。

刘炜霞

题虎山长城

墙老无教梦同老，岁深不朽巨龙身。

堞楼苔著征袍绿，石栈霜磨本色纯。

夜夜驮星何困倦，时时昂首怕沉沦。

争扛护国梁和鼎，未负家园每一春。

当代
诗词
十二家

山泉

沙石缝中炼情操，声低岂掩气雄豪。

不求俗眼来三顾，只付清流走一遭。

鉴世何怜光度小，埋名为葆品行牢。

炎凉相佐味平淡，日月每临争洗淘。

女人节自题

花暗容颜不乱神，余生自恃苦和辛。

喉开歌唱黄昏美，梦醒打捞红日新。

厨艺入心餐有爱，诗才悦己笔无尘。

人前淡立一枝菊，意气何曾输与春。

癸丑新正初二感题

东望三千里，龙原有我家。

春寒淞布景，灯婉雪添花。

捞梦乡邦陌，兜风网络槎。

诗情半壶茗，一煮一浮芽。

蔬菜大棚

半亩园田百米长，薄膜围起聚阳光。

几畦蔬果鲜新脆，一幅春图红绿黄。

辛丑中秋留笔

今宵何事系怀深，捻碎诗声付雁吟。

万缕离愁云絮舞，一轮秋月客乡斟。

人迷旧梦如迷路，岁易芳年难易心。

纵笔窗前耕思念，长空星闪道晴阴。

客中遇中元节怀先父

一情萦挂痛难禁，尺腹不胜乡思沉。

但恨此身忙碌碌，未如茔树立森森。

无名野草黄花献，流响曲溪清酒斟。

愿著几篇诗与赋，陪吾先父九泉吟。

壬寅腊日客中

入望辽东烟雪铺，兼程月已瘦成弧。

七年羁旅诗陪伴，一半乡愁墨染濡。

思浸故园逢旧友，梦欣老宅换新符。

吾今虽朽傲霜骨，犹有强撑不倒躯。

壬寅冬深怀亡友

谁置吾心几块冰，深宵寒透被三层。

悼亡常忆艰辛岁，别绪密缠长短绳。

桂魄行天圆复缺，玉壶煮酒满还增。

日思夜念情何重，流水高山无秤称。

壬寅春客中

二月居京北，桃花无处寻。

垂杨丝拂水，寒树雪遗簪。

日近家山远，风轻步履沉。

长空飞雁阵，聊以寄乡心。

夏莲

打坐泥潭里，禅修倍用心。

养根忘水浊，守分至春深。

蓄得排污力，抱来消夏吟。

平生醺一梦，独为洗尘襟。

中秋有怀

修襟同菊月，回首各天涯。

思念烟云写，乡愁风雨加。

水流淹梦幻，肠断咽琵琶。

今住楚江岸，无为一粒沙。

端午怀屈原

汨水深如岁月深，身沉江底恨难沉。
蒙冤一夕几多辱，千载沧浪洗到今。

渔歌子·夏雨

　　叶聚珍珠瓦溅星，如丝如缕织长亭。油纸伞，古琴声，相携约得故人听。

刘炜霞

望江东 · 春宵诗祭双亲

　　灯下长宵思缠绻，那头接、天堂远。诗笺虽小
也装满，压岁酒、更年饭。

　　叮咛托付春风转，转不尽、儿心愿。遭逢雨雪
将吾唤，勿教女、肠疼断。

游颐和园摘得几颗野生枸杞

于今邂逅正宜时，粒粒灿如红豆诗。

想是前人谁种下，年年凭此寄相思。

鹧鸪天 · 红灯笼

挨着门窗守着年，满怀心事却无言。莫随焰火同沉醉，怕负春宵不肯眠。

灯并挂，梦高悬。红红绒布鼓成圆。寻常街巷华光簇，似比谁家日子妍。

清平乐·故乡

关梁绿浦，不老城头虎。浪逐白鸥声几许，迷失六年羁旅。

秋来霜落蒹葭，谁知人隔天涯。坐听江涛拍岸，陶然一曲清嘉。

鹧鸪天·无题

望里东风飘过桥，庭前草又绿蓬蒿。腊才带雪辞年末，春已舒眉上柳梢。

家事杂，世情糟，下陪上养一肩挑。匀些精力耕诗句，入画红霞色不凋。

少年游·无题

　　光阴将月挤成弧，往事隐还无。山溪留唱，松涛合拍，惹泪湿音符。

　　那年一别终生悔，嘹唳雁声孤。记忆凝霜，乡思打结，梦绾旧蓬庐。

摊破浣溪沙·残雪

　　露了车痕露履痕，零星不肯化成尘。大野分明闻杜宇、叫三春。

　　日下风梳篱外草，天涯客访水边村。忽见半开湖面上、闪金鳞。

临江仙·辛丑夏还乡与诗媛小聚

　　新暑未将红褪尽，犹开几朵芬芳。衫蓝裙紫发微黄。杯中酒满，镜里鬓添霜。

　　相约赛诗分险韵，可怜搜断枯肠。沉思往事立斜阳。乡愁顿作，雁字一行行。

6

【第 **3** 季】

当 代 诗 词

十 二 家

杨勇民

字咏茗，号石泉斋主，河南信阳固始人。早年从军、入警，后从事行政工作。系中华诗词学会会员，固始县诗词协会名誉会长。有自结专辑醉石词笺、响泉诗谣和小石泉吟草流传于网上，其中作品入选《二十世纪中华词苑大观》《吟坛名家录》。

有一种心思是细细绵绵地打开，有一种诗意是清清淡淡的甘甜，这就是杨勇民的诗留给我的初印象。

　　杨勇民的诗，读进去了便觉十分有味道。

　　写八达岭长城，"忧思躲在秦砖几"（《登八达岭》），千秋忧患、江山社稷，这么大的一个物事，落在长城的每块小砖头上，却能沉而稳。诗人举重若轻，随口一说，似乎没说什么，又似乎说了很多很多。这便是诗的艺术，诗人的匠心。

　　写往事，"美人泪与苍生血，自心头，流到桑田"（《高阳台·往事如风》），感慨之深，非亲历人世沧桑、人间血泪者，不能有如此诗句。

　　写秋声，人"玩味虫声"，水"欲改荷声"，钟"疑是霜声"，夜"雨后鼾声"，事"一袖风声"，云"千载鸿声"，山"都入松声"，江"来往涛声"（《声声慢·秋声赋》）。此为词之独木桥体，写的人不多，写好了别有一番情味。杨词值得称道。诗人闲来"检点悲欢余事"，正秋声落入心里，百般况味，声敲欲碎，一声一声都是人生啊。

　　诗歌写到如此程度，就不枉称诗人了。我在《南园词话》中说过，写词就是写人，作品的人性深度也就是作品的艺术高度。杨勇民的诗见人见物，细腻耐品。期待杨先生写出更多的好作品。

昙花

一涯成一梦，一念一婆娑。
一谢无痕迹，珍藏一首歌。

雨中游井冈山龙潭瀑布

击石白成练，入洋蓝似天。

溯洄千丈危，始解久流川。

杨勇民

珠海淇澳岛红树林

根在珠江天尽头，桑田与海正交流。
看生看息春无谓，一种听涛不可求。

春水人家

万字栏杆八字桥，杨花吹着太阳飘。

回村燕子绕溪水，只认满檐红辣椒。

题王希孟之《千里江山图》

逐罢江山鹿可悲，负舟水浅两难为。

奇人手有天青色，一派风烟总不欺。

立秋

一星流火穗头低，枫叶从容秋未齐。
喜鹊争鸣天上下，银河穿过小楼西。

戏题兆铭刺载沣事

皇城根下八旗斜，博浪锥投瀚海沙。
故事总随烟袋老，大风吹落野昙花。

荷雨

一池碎滴水翻荷，晴可遮阳雨可蓑。

大小蜻蜓粘首尾，当风犹点旧圆涡。

杨勇民

题《白雪红梅图》

大雪爱梅梅更痴，一怀情窦压南枝。

今生执手也挥手，未必清孤不是诗。

登八达岭

千古孤城无可拟，忧思躲在秦砖几。
人文遗产武精神，悲恨一肩挑不起。

山行

几处梅尘淖雪衣，村旗斜矗久相违。

山家小酿开樽否？醉里爱听芦雁飞。

望湖亭

于无聊处诵无题，一路向山湖雨低。

隔岸吴弦清到水，好风觅过六桥西。

春雷

钱潮二月闲，春鼓率人间。

绝响千千境，希声九九寰。

扶摇生震泽，跌宕过方山。

大象巡花去，殷殷唤不还。

过白鹭湖

春籁自扬扬，飞车下石冈。

一蜂花世界，双鹭水天堂。

风语鱼知否，方言琴可当。

种桃人不俗，犹置晋衣裳。

杨勇民

雪

从容生万象，风度自巍巍。
西子空灵鼓，冰山太古梅。
飞天怀净土，掠水入渊洄。
极目春无影，细听声似雷。

何处是故乡

寻旧穿花市，北门三十里。

青山到郭田，红日在溪水。

折竹搏双鹅，拍舟浮一鲤。

近村问路人，先报谁家子。

小情怀之初夏之夜

水镜山眉半面妆，短衣初试舞悠长。
荷尖星落斜为雨，泉眼沙移细有光。
以后夕颜司淡泊，当时佛手握清凉。
夜归人诵洛神赋，一种情如帕一方。

题晚日枯荷

鉴泉隐约薄凉非，许与红尘今世违。

叶底风如山影至，天边日似海田归。

千年蝶梦痴人骨，一朵秋魂老布衣。

回首绿华悲不肯，大江潮打钓鱼矶。

山村之秋

霜咏斯民八月长，篱边妞又抖时妆。

嫌秋太淡晒红枣，取景无花拍洞房。

水以山弯兼楚豫，车因日夕让牛羊。

扑人一叶不相顾，歌里只酤泥土香。

赋得清风明月寄人

平明风月总堪矜，风月难为客里朋。

弦上飘如邻女发，诗中圆似读书灯。

两三篇史谋清酒，五六枝花囚永恒。

子夜阑珊君不负，好山枕作草堂冰。

秋虫

寒宵灯火二门间，余响分明上铁环。

八面风成终古曲，一浮云是老年斑。

和亲淮上东西客，许借江南大小山。

双语幽微真绝学，觳中人物不相关。

咏春风

斜吹杏雨莅南桥，寒在溪云浅处消。

仿佛百花呼诸子，蓦然海啸压钱潮。

一声柔橹苍茫序，几段青山亘古谣。

水柳胡杨交谊舞，大风歌和念奴娇。

杨勇民

浣溪沙 · 梨花

　　枝上生奇云不招，伞中人下水边桥。小城鸽哨带风飘。

　　一瓣雪成清净果，十分白是雨花潮。青春落款总时髦。

浣溪沙·介子推

裴介村南闻喜东，悯生何必晋文公。崤函得失转头空。

大雁塔边烟逐火，芭蕉叶底雨沾风。山花不羡帝乡红。

卜算子·落花

　　一蒂入山盟，一瓣藏心结。料得凡花口不开，未必天涯别。

　　一枕梦留红，一盏情成雪。一度沉浮一涅槃，示我三生诀。

减字木兰花·约酒

西园小弄，一笑酒家双击瓮。卅载将心，沽得逆言夜万金。

门前千亩，偃月苆花鲜可赌。老味悠长，夫子又夸些子狂。

杨勇民

临江仙·心灵之雪

　　寒雀啼时花信早，梅边扇舞红巾。笛风吹裂小龙孙。足尖心上律，眸子纸中痕。

　　飞上白头风物好，水湄穷处江村。惊来天地不同春。三千诗境界，一半雪精神。

鹧鸪天·诗友有句"我与我周旋"，不以为然，故吟之

浮世周旋帽恋头，风潭水境半勾留。琢磨八月之间雨，消费中年以后愁。

藏黑马，控泥牛。人前故说十分秋。谁名弃疾多雄泪，不上郁孤台不流。

喝火令·雾淞

约束香如角，吹开朵似茸。淡成风影白成丛。
分解半生童话，尘迹太匆匆。

净了空间水，虚无顶上穹。半浇残酒半听松。
一笑留痕，一笑守玲珑。一笑古今花语，忽有快
哉风。

最高楼·初雪

流年好，飞雪满群山。淮左戏连环。主人翁写丹青史，拓荒牛认老苍天。小亭旁，山影外，古槐边。

也不管，雁来春水浅。也不弃，火苗烘酒暖。小自在，有余欢。敲冰壶赚天然白，抛红豆值此生缘。一屏梅，中夜赋，半缸烟。

杨勇民

高阳台·往事如风

　　红酒无心，红灯着意，万花筒里春天。狐步轻盈，随他俳句巡环。美人泪与苍生血，自心头、流到桑田。寄清风、出自霜丛，来自花间。

　　投名状上官文字，剩书生风趣，刀笔如鞭。醉里陶埙，十年吹老青纶。梅边万一风怀损，把围城、换了桃源。上江楼、不是春潮，就是秋烟。

声声慢·秋声赋

痴人孤僻，庶士斋心，居然玩味虫声。弄水初寒，今番欲改荷声。晚钟二十几响，但听来、疑是霜声。渐依约，送小城今夜，雨后鼾声。

检点悲欢余事，正芦花扑面，一袖风声。暗淡斜云，云头千匝鸿声。任他乱分短角，滞空山、都入松声。问江客，竟沉吟、来往涛声。

金缕曲·清明咏叹调

车浥轻尘雨。怅辚辚、泪花似血，烛花如炬。人世匆匆知何托，付与红尘一缕。怜未了、漫天飞絮。一片青碑穹顶下，彼岸花、代作无声句。长短又，鸦声苦。

纸钱难买春长驻。与商量、闲愁小病，尽随风去。留取吟边魂千寸，报答山花半吐。香不止、忘川云渡。欲寄哀思凭过往，雁一声、啼老江头树。留此字，悲今古。

7
【第 **3** 季】

当代诗词

十一家

张雷咏

湖北武汉人。中华诗词学会会员，多首作品发表于《诗刊》《中华辞赋》《中华诗词》《湖北日报》等，多次获全国诗词大赛奖。著有诗集《大江东去》。

我与张雷咏隔洞庭湖而居，他居湖之北，我居湖之南。当代交通发达，跨省见个面、聚个会是很容易的，因此，我与他属于见过面的诗友。现实生活中的张雷咏，语言犀利、风趣，性格旷达、耿介，看得出来，他特别崇尚李白的仙气、酒气、剑气，以至在诗词创作中会不知不觉显露出来，如"再借青春三十载，江山无限竞风流"（《五五抒怀》），"一声大吼冲冠去，顿作飞天百万兵"（《爆米花》），"何妨对月弄清影，人到销魂便是仙"（《酒》）。但他大多数作品却写得很隐忍。我想，一是他的成熟使然，人到了一定的年龄，特别是步入中年之后，看到的、听到的，往往十之八九不如人意，但说出来的，可能会少几分，而白纸黑字写出来的，又会再少几分；二是中华诗词含蓄蕴藉的传统审美使然，特别是受屈原香草美人传统的影响，有话不直接说，就成了他作品的主流。比如他的咏物诗："梦里依稀鱼蟹鲜，穿云携子越山巅"（《秋雁》），"此身未做屋中梁，纵是偏安志不忘"（《砧板》），"冰霜压顶暂低头，且待春风送自由"（《草》），"有气升腾遭盖捂，谁怜背后黑灰多"（《咏锅》），字字句句，说的都是物，寓的却是人心。总的说来，张雷咏的作品，见情见志，更见手段。

五五抒怀

出林雏鸟向天游，欲破云烟下九州。

且读人间窗外事，常怀君子望中忧。

更宜鸿雁掠沧海，不悔霜华染白头。

再借青春三十载，江山无限竞风流。

题古河禅寺赠庆道法师

法云无际亦无常，无色无空善自藏。

宝刹飞来还庆道，古河浪静梵音扬。

端午过香溪琵琶桥感吟

飞来琴轴扫空翠，覆手香溪慰寂寥。

旧曲随风归北漠，新弦拨浪咏南桥。

直将芳草美人赋，翻作炊烟农舍飘。

自此琵琶声不歇，云雷激荡起江潮。

洪湖临水庐远眺

晚唱渔歌不夜天，一湖碧浪半湖莲。

谁教篝火迎风涨，直把老夫春点燃。

过云居山真如禅寺

云居山上白云低，路转溪回步步迷。
且向真如求大道，笑而不答未开题。

唐城夜怀

一曲飞歌自大唐，又闻胡服戏萧墙。

楼台灯火惊霄汉，月下桥边舞羽裳。

赋客只知壶酒暖，游人不觉夜风凉。

忠贞最是宫前柳，千载低头祭国殇。

过庐山西海

挽住银河落九天，八千峰断锁浮烟。

一峰挑起湖中月，晚照飞鸥过艇前。

登安陆白兆山即兴

白兆峰巅回首望，谪仙逸事雪中藏。
五花马去诗犹在，千载歌还酒未凉。
几度闲云将野鹤，三秋淡月伴君王。
不愁宫阙少颜色，只为青山添墨香。

张雷咏

游利川龙船水乡穿水帘洞即兴

挥手擦干三伏汗，入帘但觉四时春。
金蟾破壁尖尖嘴，玉鳄凌波片片鳞。^①
未见传闻童子弈，不妨遥忆烂柯人。
劝君莫唱龙船调，免得洞仙还俗尘。

①金蟾、玉鳄皆为洞中之景。

夜宿薄刀峰

割破青天非所愿，只教危石出云边。
林幽谷静迎栖鸟，涧泻桥横听暮蝉。
夜梦紫藤爬洞府，归心白鹿下山巅。
雄鸡无事三声起，唤得游神别上仙。

过大青山游希拉穆仁草原感吟

绵亘青山三百里，长空如洗碧无瑕。

马头高处风驰疾，鹰翅低旋日影斜。

篝火欢腾惊牧笛，银杯笑捧醉娇娃。

星河唯渡多情客，秋月还来踏落花。

天河诗社荆楚田园郧西分社揭牌有寄

千里追风半日车，上津古木探新家。

枝头影掠长空雁，地底根寻破壁芽。

印月池中休洗砚，鹊桥栏外好烹茶。

牛郎赊得天河水，浇灌郧西笔下花。

贵州天眼

多少玄机天外藏，一开慧眼识迷茫。

望穿秋水银河尽，梦到春山夜月长。

才驾流星驱雾障，又闻织女唤牛郎。

西风也羡东风劲，共探深空向远航。

夜游黄鹤楼

落霞点起万家灯，黄鹤重游不夜城。

欲话孤帆迷远影，相逢高铁驾长风。

彩虹着意通三镇，明月有心怜众生。

逝水扬波殊未已，更催羽舞弄潮平。

秋雁

梦里依稀鱼蟹鲜，穿云携子越山巅。

一过塞外风情异，满目黄花近楚天。

牛

鹰眺枯丛风展翼，我思春雨轭披头。

天生健体闻鸡起，蹄踏残阳牧笛悠。

最是祭坛悲几许，难忘乡土恋三秋。

斯民得饱心方足，情系平芜耕不休。

河虾

体形娇小透明衣，弹跳张须乐不支。

欢娱缘于真本色，大红便是大悲时。

【第**3**季】

砧板

此身未做屋中梁，纵是偏安志不忘。

但得荤蔬酬广众，躯残面裂亦何妨。

爆米花

铁胆虚心五谷盛，炉中九转炼重生。
一声大吼冲冠去，顿作飞天百万兵。

草

冰霜压顶暂低头，且待春风送自由。
无论圃园和野旷，枯荣随意不生愁。

纳鞋底

旧书破布层层贴，引线穿针密密缝。

夜半手量儿的脚，灯前一笑暖三冬。

咏锅

炸烹煎炒在心窝，未怨平生火上过。

有气升腾遭盖捂，谁怜背后黑灰多。

酒

一饮琼浆诗性牵，似乘黄鹤上云边。
游龙运笔来天地，骚客凌风觅圣贤。
太白多情曾入梦，少陵垂泪尽成篇。
何妨对月弄清影，人到销魂便是仙。

水

与物无争锐气藏，飞山劈石志犹刚。

凌风卷浪鱼虾怨，携露迎春花鸟香。

身寄八荒千里地，梦萦四海万家粮。

多情日月承天意，送我轮回未可忘。

煤

亿万年前一片松，谁知何故入泥中。
不曾与雪争颜色，只为寒冬送暖风。

雪

横空玉宇千山净，野旷天低一色连。

向日消融滋沃土，循环不息济桑田。

景山槐

曾是明君亲手栽，白绫无奈绕良材。

兴家最忆熏风暖，亡国谁怜疾雨摧。

天道浮沉难自料，山河气象总轮回。

但教日月千秋在，还照儿孙祭此槐。

癸卯初夏野云居自题

闲门一掩绝风尘，野芷湖边鸟作邻。

空忆谪仙将进酒，欣闻布谷唤余春。

诗情偶得文翁助，钓乐常思渭水人。

穿袖云消旧时结，开轩邀月摘星辰。

卜算子·夏日画梅

运笔走游龙，纸背千山雪。画个寒凉度三伏，心静何曾热。

雪上点红梅，再挂关山月。蝴蝶翻飞心意乱，竟在枝头歇。

念奴娇·忆旧城改造

登高远眺，看星光几点，半轮残月。军令如山重出战，了却旧城心结。废寝忘餐，登门造册，双鬓添新雪。听长风起，送来旗彩猎猎。

更有吊塔穿云，万千灯火，碧天高楼接。曾起乡愁人恋旧，今聚华堂欢悦。俯瞰长江，帆悬风正，万里沧波叠。几多谈笑，至今犹忆奇崛。

水调歌头·红船

　　天际升明月，破雾万千重。南湖垂柳拂岸，相送一船红。故垒森森何惧，前路茫茫求索，唤醒众工农。跃马疆场去，生死自从容！

　　东风劲，雄鸡唱，气如虹。河山万里，猎猎旗彩卷长空。岂料流云翻覆，更有群魔乱舞，仗剑看英雄。但得初衷在，谁与我争锋！

8

【第 3 季】

当代诗词

十 二 家

徐非文

笔名了凡。上海市作家协会会员、中华诗词学会常务理事、上海诗词学会副会长、诗词吾爱网理事长。著有《半坡烟雨半坡风》等诗集。

徐非文词好诗亦好。

徐非文得词艺之道，窥其堂奥，出入其中，风流自在。其词在语言上如行云流水，珠圆玉润，翻转自如，愈转愈妙，浑然天成，是词之真作手也。

我读词是先读其短调与中调，我以为短调、中调写得好才可称词人。最早的文人词总集是《花间集》，《花间集》没有长调。词是从唐五代流传下来的，那时候的词全为短调、中调，后来才发展起长调。短调中调见性灵、见才气，长调一般诗人努点力都能写得像模像样。

词要自然，不着痕迹，天衣无缝，才算好词。在我看来，词几乎是无改的。短调中调，如心灵着火，瞬间爆发，一气呵成，似有神助。能到此，便是"无改"。人哪能动神之手笔？长调磨磨蹭蹭，字句可这可那，意思可左可右，语言变化的空间较大，不像短调中调，几个字就能搔到痒处，直抵人心。

徐非文的词再一次验证了我的"词观"。这些关于词的想法，是谓读词心得吧，诚一家之言，可以讨论的。

徐非文的诗典雅蕴藉，好句纷披。如《湖上》之"山影扶不起，难免逐波流"，《蹈怀叠韵十一章之三》之"大梦初醒灯已乱，长安迷望马难驰"，《山居》之"窗开四时卷，泉煮一湖春"等等，不一而足。

上海人精致、精细，海派文化亦如是。徐非文堪称海派诗人代表之一。

临江仙·游锦溪杂咏

　　三十六桥湖上卧，蟾光似水悠然。几番圆缺噬流年。当时明月在，不复照从前。

　　物是人非皆定数，涛声最是连绵。他乡客正抱愁眠。曾经多少梦，跌落碧波间。

西江月 · 酒

欲雪彤云催晚，遮天夜色无边。斟来君莫笑寒酸，烟火人间一碗。

邀饮何须月满，有生只望心安。新词未赋请先干，这口阴晴冷暖。

湖上

镜出峰两立，水破云自游。
山影扶不起，难免逐波流。

浣溪沙·千岛湖即景

　　归影飘摇薄暮舟，桨声隐隐水悠悠。浮生半日一竿收。

　　千里烟波千岛梦，一湖风月一湖秋。人如仙客夜如绸。

临江仙·梦扬州

皮囊不在风流在，风流宛在人空。有无山色有无中？衰翁能几个，几个解衰翁？

扬州一梦堪同醉，扬州梦里坡公。依稀杨柳笑春风。春风杨柳外，杨柳更千丛。

捣练子·钓江南

　　山叠翠，水如蓝，又是人间三月三。坐定烟波闲半日，钓风钓雨钓江南。

徐非文

遣怀之一

腾云欲去恨天迟，醉里琼林少一枝。
大梦醒来灯已乱，长安迷望马难驰。
怅听黄鹤楼前客，唱尽凤凰台上诗。
岂让风流卿独占，但教生我李唐时。

遣怀之二

风雨兼程来未迟，灞桥烟柳掩春枝。

新停浊酒孤心赋，更作离弦一箭驰。

誓不折腰因有节，枉生于世若无诗。

扬鞭打马飞奔日，正是长安初望时。

徐非文

临江仙·诗心

　　恰似三春杨柳绿，千枝万絮翻飞。快哉俯仰任风摧。依依何不舍，去去莫思归。

　　天地无边皆是路，扬长笑尔葳蕤。星光耀我夜光杯。斟来无数梦，赋作一声雷。

次韵答振福弟

风流千古老东坡，独领骚坛欲几何？

秃笔犹知题破壁，落花也敢绽清波。

尘迷人境我还我，天赐诗心歌复歌。

纵使浮生如一梦，文章传世不嫌多。

酒

陌上渔樵殿上侯，东风得意塞翁愁。
有清有浊难兼得，知假知真不共流。
三叠阳关忘情药，一江春水钓诗钩。
世人只道刘伶爱，未识刘伶度厄舟。

鹧鸪天·望月楼

　　望月楼前老寺东，半坡烟雨半坡风。瀑云飞卷渊亭立，水雾环流小径空。

　　红炉沸，绛茶浓，两三僧侣几株松。一盘云子春秋乱，林内啼莺林外钟。

临江仙·再唱落花时节

物是人非悲去去，情长不比天长。今年花落更牵肠。残红堆满地，风过又彷徨。

且待来年花再发，樽前莫道沧桑。小园幽径有余香。得时须绽放，谢了也飞扬。

代苏轼拟四送邵道士彦肃还都峤
——和恭震

别时容易绣江^①滨，君向仙山我向尘。

一路浮沉诗在口，百年孤独笔随身。

藤州水畔^②漂萍客，都峤峰前老道人。

且醉且歌还共月，余生逢得几回春。

①绣江：一一〇〇年秋，苏轼游都峤山，十余天后邵道士送苏轼北上，
乘舟顺绣江而下去藤州城。
②藤州水畔：舟上，苏轼作《藤州江下夜起对月赠邵道士》《送邵道
士彦肃还都峤》。

山居

一

云疏落日红，客去草堂空。
独坐无人语，隔山听晚钟。

二

石径空无客，山居草木深。
窗开四时卷，泉煮一湖春。
自问归来处，谁堪扫落尘。
痴言了凡者，不是了凡人。

摸鱼儿·杨花

漫飞扬、流连难去，人间天上孤旅。今生已作无根命，招惹风尘无数。三月暮，正缺萼残红，遮断黄昏路。欲归何处？黯收拾离肠，且行且顾，且向天涯赴。

缠绵舞。纵使缠绵如故，此情应是成误。未谙沧海巫山意，又过烟村晚渡。留不住。待留住无非，那段相思苦。乾坤一羽，望寂寞时空，殷殷识我，唯有谢家女。

徐非文

与牧哥游东山感赋

云崖叠翠越天青，且向东山妙处行。
只爱此君真品性，不听那点旧声名。
风来弄影千峰醒，水送流年独鹤迎。
遥看人间烟雨路，纵横做我一楸枰。

水调歌头·鄱阳湖印象

汤汤彭蠡泽，澹荡汇江河。石钟山外湖口，长奏浩然歌。 骤雨晚来不速，白浪如山堆起，平地涌狂波。一霎烟云散，风定镜初磨。

归鸟集，唳白鹤，舞天鹅。仲秋月下飞雪，芦荻竞婆娑。 两两三三渔火，明灭星辰密布，谁为织天罗。片羽吉光影，疑是梦南柯。

为外公扫墓有感

半穿细雨半随风，一缕香烟辗转东。
槛外盈虚心已触，人间消息苦无通。
情何曾忘时时暖，泪落成铭字字红。
可恨杨花不知意，身前身后乱飘蓬。

夏日观友人作画

随意丹青染几重，还教云际掠归鸿。

一山烟雨一山趣，十里江岚十里风。

霜叶微红平水岸，渔舟半隐荻花丛。

连天暑气挥难去，此处清秋韵独浓。

无痕兄寄诗，有感和之

雨洗魔都暑未炎，黑甜催梦万家眠。

昏灯一盏书方半，淡酒三杯味不全。

点点敲窗卿意到，丝丝成结我心缠。

旬来难觅周公影，诉与谁人同病怜？

【第**3**季】

临江仙·春花

万柳千丝飞絮，一轮红日西斜。石溪九转水清华。漫山鸣杜宇，几处野人家。

折得半枝春在，多情莫负春花。斟来绿蚁不思茶。寻章入绮梦，趁酒访天涯。

西河·回乡偶得

　　花如是，烟光草色如是。春来万物又荣欣，思来定是。雨中乡路小桃红，故园料亦如是。

　　村酒肆，恐怕是，主人换了应是。相逢对面觑无言，果然不是。左邻右舍尽生疏，自言错了真是？

　　十年一梦想也是，再回头、真一无是。此恨古今皆是。暗思量、只怕吾心，已是非想非非，无非是。

梦游天山

许是庄生好梦中，魂游塞外纵青骢。
辣人稞酒邀人醉，绝路天山有路通。
雪覆前峰秋未冷，心如止水志非空。
行行还记回头看，一样风光两不同。

摸鱼儿·新雨后

　　最清新、依依杨柳，小桃颜色初透。莺莺燕燕忙追逐，出入谁家园囿？新雨后，好一派、葱茏满目春情秀。年年豆蔻，却碧树晴芳，秀峰丽水，是否真如旧？

　　痴人又，独对黄昏把酒，夕阳山外回首。杜鹃声里躬身酹，抱个清风满袖。心也瘦，问多少、悲欢离合堪承受。天长地久，奈人面桃花，今时今日，不似那时候。

中秋有感

天边月一轮，冷艳不沾尘。
苦抱清幽气，依然桀骜身。
无常弄圆缺，独目貌沉沦。
如镜悬千载，照心非照人。

徐非文

山花子 · 浮生

　　小酌荷亭四面风，水摇碧叶半池红。偷得浮生闲几许，始从容。

　　十足功名非我意，七分自在是蒿蓬。也向门前栽五柳，效陶公。

满江红·过白马荡见荷角初生

　　一镜平湖，三两点、未琢新玉。人道是、天工有赠，春归留寄。不向人间繁琐地，存身碧水中央去。好独唱一首浩然诗，孤高句。

　　心淡淡，身寂寂。烟波府，风流第。许清涟白露，往来无忌。郁郁不沾俗粉气，田田更待书香溢。到炎炎夏日妙生花，亭亭立。

徐非文

西江月 · 红尘醉

炉上松汤欲沸，壶中日月如飞。秋虫不语晚云堆，簌簌衣巾落桂。

占得痴愚双味，更斟寂寞千杯。满城灯火渐稀微，许我红尘独醉。

瑞鹤仙影 · 风月独归我

东篱饮罢无归意，陶然行、君莫扶我。胸开胆张，三杯两盏，岂能醉我。流萤送我，有知了、声声笑我。最清闲、山居长夜，风月独归我。

不向红尘问，半世行吟，几人知我。心存万里，那河川、是真怜我。年少疏狂，到垂老、依然故我。看明朝、弄舟散发，又是我。

9

【第3季】

当代诗词

十二

张成昱

清华大学图书馆信息技术部主任，副研究馆员，中华诗词学会会员。出版诗集《诗自言集》。

诗歌，从产生到现在已几千年。今天的诗好写吗？当然不好写。似乎什么事、什么心情，前人都经历过了，也表述过了。不能"随意写"，是今天诗歌写作者的处境与尴尬，弄不好就与古人碰了面，也与身边人碰了面。因此，诗人张成昱发出"写诗大可随意些"的感慨。想"随意"，反而是"不随意"，也"不能随意"啊。

张成昱的诗恰恰是"不随意"的。他的诗思尤深。常于平常题材中挖掘出新意，语言也特别新颖，能产生意想不到的效果。

他写《咏猴》，"化龙化蝶皆无趣，似悔当年未化人"，写活了人与猴的关系。猴悔未化人，潜台词实是人悔未化猴，要不人还可以多些变化、多些手段，使自己能在现实社会中捞到更多的好处。辛辣如此，不可不察。

他写《洗衣机》，"总恨青衫不常湿，西施曾是浣纱人"。要洗衣也只想让苎萝村的西施姑娘用浣纱的一溪碧水来洗，哪能让自己的"青衫"同官宦人家的"王谢衣冠"一起，让洗衣机随便搓揉洗涤？一个不同流俗、精神清洁的高士形象立于跟前。

他写《共享单车》，"倘有前程花似锦，借君十里又何妨"，写出了今天城市打拼者的艰辛与困顿。

其诗题材多样，其人思想敏锐，对社会现实、精神文化有着深刻思考，彰显了一个知识分子的诗歌理念与社会责任担当。

张成昱

咏猴

戏水拈花久不驯，空山自在度三春。

化龙化蝶皆无趣，似悔当年未化人。

咏峨眉山之猴

红檐金顶任挪移，山径幽回孰与嬉。

闲立空门僧已老，凭栏忽忆取经时。

张成昱

洗衣机

红颜紫绶两相邻，不洗轻狂只洗尘。

王谢衣冠揉一处，清明领袖忍三轮。

藏污不易风流卷，遗恨惜如云水皴。

总恨青衫不常湿，西施曾是浣纱人。

夏夜听雷

栏杆高处共云生，玉璧金梁似远城。

因有惊雷千万响，以为骤雨是无声。

张成昱

共享单车

道旁零落马轻狂，不许挥鞭空激昂。

倘有前程花似锦，借君十里又何妨？

当代
诗词

十二家

重阳节怀亲

秋深每忆不堪情，枫白枫红诸色轻。

尘在高山无可扫，重阳于我是清明。

清明

愁自季春至，浮烟疑未晴。

闷吟柳桥赋，闲扫杏花茎。

一念三庭绝，又悲孤草生。

更怜铭石上，逝者尽无名。

拾秋叶欲藏有怀

远径赴深暮，疏林隔素枝。

惜花香已尽，寄友语何迟。

叶被三秋拂，秋因一叶知。

云笺吟自出，内页夹青丝。

张成昱

儒

道从齐鲁论，文脉渐风传。

孔孟致高义，春秋著雅言。

避秦何自处，兴汉不相关。

万古如长夜，于今剩几年。

释

今生或有缘，来世未能参。

物我两难忘，是非独自看。

劝君出下策，从众上西天。

得道即失道，敲钵只不言。

张成昱

道

鼎鼐难轻弃，幽冥未可诠。

裹足绝末世，披发入名山。

秋尽饮白露，春来嚼赤莲。

长生求不到，老子不出关。

词 代

十二家

七月游清华荷塘有述

细柳垂长絮，烟云遮万端。

莲花不堪折，荷叶未曾残。

几个清谈客，三千红顶官。

优游林下事，谁刻玉雕栏。

张成昱

登京西定都阁有怀

横云叠岭矗高崇，怀远思春岂不经。
莫到山前忽忆柳，遥知天下只攀龙。
红尘几粒黄粱梦，碧落孤城白玉京。
爱上峰头难举步，登临一踏万千重。

蚯蚓

吞吐江山一方土，红尘岂尽后人封。

蛇无尺度应非蛇，龙以寸行终是龙。

似此田园耕若耒，于斯阡陌纫如缝。

每逢春雨出头急，怕遇闲来闷钓农。

苏轼

不遇良辰却遇梅，荆州牧被蜀山颓。

三苏为大文章事，两宋休轻治乱才。

信有胸吟入青史，偏因腹诽下乌台。

一流千里逍遥路，误往天涯又错回。

病怀

皮囊似此未抛开，恨有妻儿十里哀。

风骨积寒犹瑟索，铁肩断胫亦徘徊。

几无肝胆可相照，偏在心胸尽是摧。

同试天涯三昧火，或成舍利或成灰。

张
成
昱

七夕论诗

每在良辰难草赋，寻常句读岂堪临。

至多情处千言惜，遇有缘人半字斟。

不以推敲决高下，应从婉转入深沉。

吟哦莫任娇喉苦，只把关心换用心。

咏《天龙八部》人物之扫地僧

大隐于朝不易居，知鱼常乐视亲疏。

无名可报青云簿，有命来投明月庐。

残竹冷梅空自在，秋蝉春蚁竟何如。

一人未便扫天下，只看新闻与旧书。

火山

亘古源流岂易分，大能造物竟纷纷。

携来赤焰似难寂，忍在黄泉终自焚。

拔地起而无面目，惊天落亦惹风云。

千年莫计沉浮事，或静或兴皆不群。

暮春遣怀

燕都官柳列东皇，紫禁红楼俱两旁。

夏至流光期至善，春深郁结羡深凉。

以缘以境以无距，未及未来曾未尝。

我欲沽名题一句，故留三句任寻常。

恨春迟 · 元宵节

去岁观灯疑是月，偏又是、千点芙蓉。一顾好风情，再顾风情错，再三错无穷。

今岁观灯人如月，毕竟是、万点惊鸿。却与风情不遇，随处佳人，人人唯与卿同。

临江仙·踏青过潭柘寺不入

踏破芒鞋十里，听凭禅鼓三声。山门虚叩问前生。此心无大过，来世枉浮名。

莫弃穷途老马，休提得道高僧。怜才兹许下孤城。云如千丈絮，月是五更灯。

张成昱

定风波·宋词

明月清风不两全。花间柳岸亦蹁跹。自有豪情争一胜，乍醒。词锋不透碧云笺。

犹恨苏辛空切切，虚设。于今盛世驻梁园。雅颂休提烽火意，无字。便真无字胜空弹。

木兰花令·归途不计程

莫问洛阳花好处，莫忘长安来去路。香茉莉，醉菩提，世间距是花间距。

故人送我三十里，我念故人三万次。乡关最易惹闲愁，算作归程应不计。

张成昱

西江月·写诗大可随性些

　　捡个生词凑韵，攒些冷句谋篇。唐人牙慧宋人怜，我自优游无间。

　　入境须添佛性，出师未满枯禅。不求李杜似神仙，也及神仙一半。

当代诗词十二家

鹧鸪天·病中感悟

　　寇在膏肓恨不支，消残壮志倚楼时。穷思物我两难处，略辨阴阳另有歧。

　　惜高卧，忌常窥，檀床桃座亦轻移。得无一剂长生药，耽误长生到此迟。

张成昱

青玉案·春运

　　还乡为逐春来去，却难识、江南路。谁掷千金输一顾。归心常在，关山易渡，莫问家何处。

　　长车千里如无距，一梦何尝别秦楚。挤上青云知不遇。向南是我，向西是汝，道一声辜负。

诗 当
词 代

十
二
家

天仙子·十三陵怀古

　　玉殿金檐千丈暮，遮尽残阳千尺树。因风回望旧长安，云如土，人如故，天下已无埋首处。

　　明月清风留不住，野径孤城何必去。可吟可叹可徘徊，断头路，先皇怒，我在人间皆不惧。

贺新郎·过京西曹雪芹故居有怀

今古红楼坠。画平生，浮华人物，依稀文字。言语何尝堪吟诵，更惧空空故事。借素手，一番调理。谁把多情编作梦，把无情、揉作真欢喜。木头朽，石头碎。

佳人明媚风流纸。墨洇染、青罗无二，红衫是几。缘尽缘生缘如剧，可读可歌可戏。曰肠断、轻狂肆恣。王谢衣冠何足道，别孤城、野径闲滋味。终不出，三生内。

汉宫春·母难日有怀

　　思尽寒秋，念山行莽莽，长啸无那。清明晦暗，顾彼白亭高座。秋茅渐破，倚案者、孤词无和。欢喜处、闲琴来引，听一曲风花课。

　　似可。大音多仄，似黄钟易振，碧箫难合。生生没没，冷月欲圆才堕。轻狂向右，或反复、深沉于左。终究问、知谁似我，知谁是我。

10

【第 3 季】

当 代 诗 词
十 二 家

周冠钧

又名周冠军，一九七〇年出生，祖籍安徽含山，居扬州，任扬州市广陵区委党史办主任，从事文史档案工作。扬州市诗词协会会员，中华诗词学会会员。著有旧体诗词集《清溪集》《信美在扬州：旧体诗词自选集》，传记文学《骆何民传》。主编有《风神自照：歌吹是扬州》。

皖人周冠钧，居扬州，做文史工作，写书编书，个人志趣与公务相融合，是为现代人生活工作之理想状态。

周冠钧的诗多反映自然物候、诗友交往、古迹遗存；尤其没有看到使人生厌的题材，这就先赚了读者的目光与笑脸。他的诗见才情、见智性，里面有东西、有嚼头，重要的是语言恬淡冲和、舒缓有致。这样的诗，读者不喜欢也难。

读周冠钧的诗快不得，需要慢慢读、慢慢品。你可以想象旧式文人的样子：一袭长衫、一把折扇、一壶清茶，三五诗友，吟诵品鉴，其乐融融。

我是在 2023 年夏天湖南 38 度的极热天气里读的周冠钧的诗，说来奇怪，读时不知不觉间似乎消了暑气，也消了心中的躁气。人安静下来，好心情也跟着来了。比如读到《晚行荷花池公园》的"小坐无尘虑，薇花忽上襟"时，似乎王维来到了身边，同来的还有辋川别业的清凉。比如读《除夜赋怀》，读到"绕桌稚儿乐，就新时艺衣""不堪愁岁短，何忍觉春归"时，就感受到几千年来中国百姓的平常日子，他们是如何在实实在在的生活中消化着苦难，并思及如何过好我们今天同样实在平凡的生活。

让诗性的慢生活成为可能，是周冠钧的诗带给我们的启示。

晚行荷花池公园

晚来云又起，独步向园林。

水气分荷重，波光映柳深。

雀归喧树杪，蛩语动秋心。

小坐无尘虑，薇花忽上襟。

庚子早春

意适容风惬，新晴浮远堤。

柔柔花欲破，嫩嫩草先齐。

歧路村头尽，游心化外迷。

蜜蜂微鼓翅，径自觅春畦。

周冠钧

除夜赋怀

尘怀空碌碌，除夕更除微。餐饭多今是，星辰岂昨非。联红题喜福，灯炫照窗扉。坐久身偏懒，羁迟梦欲稀。击屏聊与赏，把酒暂相违。畏老仍思旧，宁心始见机。不堪愁岁短，何忍觉春归。绕桌稚儿乐，就新时节衣。共情明日到，且趁小梅肥。

赋贺茂军兄知天命

千金能不惜，十载感犹过。知命尘氛淡，报君肝胆多。
长风来浩荡，远岫列嵯峨。所羡云中鹤，兹怀泗上波。
浮杯人有几，玩月乐如何。世事同观弈，光阴一掷梭。
持将今夕醉，翻唱旧时歌。征路仍迢递，初心益砥磨。
枕书天未白，搔首鬓将皤。草语还依水，花开渐满坡。
待归三径下，淡淡养冲和。

周冠钧

己亥岁初步三江有月韵

匆匆几日近深居，裁折红联试草书。
岁去何须惊说犬，年来无用怯成猪。
看他疏竹浮清气，着我闲文作小胥。
此际东风晴雪后，梅花枝上自真如。

铜山酒事呈诸同学

岁及清明草木知，春风与我正相宜。

才分宠柳垂幽水，又遣夭桃发故枝。

满座真情俱皎洁，一场大醉已淋漓。

开门声里儿先识，小屋呼来睡又迟。

游北固山登北固楼

眼底风光看不休，江山无限共登楼。

剧怜去日屏前事，仍羡多情水上鸥。

恃险何堪成永固，当春莫许动新愁。

栏杆拍遍人长健，且把高吟慰壮游。

当
代
诗
词

十
二
家

射阳湖荷园

一路蝉声到射陂，田田覆断碧参差。

花多俏立随鱼戏，船不空行惹客痴。

野浪闲分光影下，好风凉沁藕香时。

幽禽似与湖同乐，扑喇飞过叶半垂。

晚风

长堤伫立晚来风，消得残阳不尽红。
薜荔攀垂青欲满，荼蘼吹落雪将空。
时听倦鸟归林下，更看流云逝水中。
指点亭前人去罢，可怜心思总无穷。

窗前

吾窗前有老桂二株、乌桕一株、青竹数竿、光影一片。

老桂繁阴竹数竿，风吹乌桕到秋寒。

时闻瓦雀檐边逐，更爱流光叶底看。

案牍无形长自守，诗书有意亦相欢。

漫言小隐成新我，人事由心省处安。

董子祠雅集分韵得鸣字

桂花谢罢菊花清，一任虫吟学凤鸣。

心仰秋风吹不息，琴宜绿绮抚而轻。

屏前诗例留新韵，堂上人多是旧盟。

小饮归来深夜静，老怀正喜弄啼婴。

小滕家分韵得桂字

君不见冒雨冲寒下龙川，鹤公设酒意拳拳。君不见酒狂诗猛真豪士，不让古人三二子。一杯高擎一杯欢，斟得情怀似水湍。须臾便作龙鲸饮，玉山不倒海已干。诸君相识十数载，每假文章寄大块。大块能仁亦能容，云昏八表风流在。忆昔当年太阳城，梅兰春冶不胜情。寒雨冽风无所畏，醉里相呼各忘形。十年人事渐茫茫，秋月春花怯断肠。歌哭声中谁独去，萧风飒飒起白杨。白杨兮何健，白首兮吾愿。但许此情如老桂，久抱霜华叶鲜丽。今夕一醉为酬君，小滕家处酹旧誓。

读《宛陵先生集》

东溪梅老春之首，宛陵先生何所有。宛陵出矣风雅
振，扫却浮靡重抖擞。自造平淡无古今，先生之诗
固不朽。欧文蔡书名同仰，余态妖娆到梅叟。生涯
坎廪暮复朝，权门不登人独守。诗成每带仁者声，
嗟乎浑浑黎民口。筑墙为代旧篱笆，植竹一丛如清
友。玉山高耸秀东南，香草纷披盈百亩。呜呼，斯
世纵教不得志，光焰堪照百年后。

与胡俊兄一聚分韵得空字

黄梅雨过锦花红，六月人间满夏风。始见荆条伏蝉蜕，
高枝日夜有鸣虫。小秦淮内水新涨，白墙乌瓦柳荫中。
墙头落下斑鸠鸟，咕咕自语飞匆匆。人迹时时入深巷，
斜坡缓缓西复东。楼前几分水泥地，车声来去无始终。
偶尔谁家人语响，半为儿童半衰翁。尚忆三春桃李艳，
转瞬已是色欲空。远也近也皆视障，唯留初心悟穷通。
近来颇多呫呫事，何妨醉眼看朦胧。诗情长逐青山去，
不遗片语在枯蓬。

周冠钧

游荷园

宝应之东古射阳，射阳之水荷为主。熏风邀我今来时，画船乱入芙蓉浦。共田田兮逐浪轻，望亭亭兮花欲舞。玉容肯住水云间，冷香飞过思千缕。一枝独立若昂藏，含苞未许色轻吐。数朵已然深浅开，花面掩映生媚妩。回看东西南北花，恍惚此身在秀户。鲦鱼相戏到荷边，逍遥不用畏网罟。鸥鸟有时击水去，大块茫茫没雪羽。眸中无限粉白红，秾华可怜不可侮。忽思吾生如鱼鸟，逃尘只为避物苦。人世匆匆欢几何，荷园同赋沈公某。

当代
诗词
十二家

生查子 · 乙未年平安夜

　　不生虚妄心，不作浮华想。窗户隔寒深，灯火连成网。

　　小婴痴未眠，呒指咿呀响。暖暖世间歌，只为平安唱。

周冠钧

西江月

往事随风已去，老怀对酒难平。若无若有旧心情，非是文园春病。

不觉池荷渐绿，更怜街树犹青。鹁鸪声里岁分明，飞尽杨花无影。

菩萨蛮·庚子立秋次日晨遇大雨

　　卷风泊雨窗前过，苍烟乱走珠纷堕。来去早行人，俱如击水鳞。

　　天光明复晦，隐隐雷声滞。洗我壮年心，不教尘色侵。

玉楼春

飞红乱紫俱陈迹，我与春风皆过客。别来犹不问归时，只怕归时头已白。

等闲负得斑斓色，有限年光安可逆。卧听窗外雨潇潇，一点轻愁无处匿。

踏莎行·新春雅集分韵得小字

弄曲箫长，看花梅小，茗香酒酽知多少。清吟疑是旧时人，悠悠先送春声好。

情韵初谐，尘怀暂了，通幽巷仄生芳草。几时归去夜寒深，微驰车影灯中杳。

周冠钧

踏莎行

　　轻似花飞，翩如蝶舞，天心莫使成孤负。倾城妆作玉玲珑，此身恍入蓬莱路。

　　弄影风烟，忘形朝暮，骋怀消得情何许。尘机早付画中看，探梅人在深深处。

当代
诗词

十二家

唐多令·扬州城即将"解封"

疫尽晓风清，秋高白露生。渐纷纷、桂子香盈。耳畔寒蛩鸣不住，元不是、断肠声。

鸿雁渺天青，云霓入水明。算年来、回首休惊。莫负繁华千古事，二分月、一城灯。

周冠钧

青玉案

　　高台把酒清风至。说不尽，当年事，十载尘烟悲与喜。无边灯火，无穷流水，都作盘中味。

　　龙虾烤肉香初试，拊掌翻添一分醉。春去仍怜春有几？在人襟上，在吾心底，更在栏边翠。

当代
诗词
十二家

风入松·听竹兄邀约分韵得生字

　　病来对酒不胜情，杯水略相呈。十年尘迹深于辙，算而今，恍若前生。座上干云豪气，胸中揽月空灵。

　　柳风蝉语晚犹清，漫起别离声。一番珍重人和物，又纷然，夜色星灯。或许名山渐杳，无妨白首忘形。

绮罗香 · 庚子谷雨

　　漫遣余寒，微消薄粉，一夜飘潇初住。吹落琼英，时节况逢春暮。小楼外、快绿犹酣，早飞过、满城烟絮。到而今，剩此闲情，翻随流水载花去。

　　年来幽恨难绝，空记杯前旧事，凄然无数。柳色深匀，最是乱人心绪。看燕子、乍剪凉波，怕不知、一春都误。纵回首，如画江山，有谁歌正苦。

当代
诗词
十二家

满庭芳·登文游台怀秦少游

　　积土台高，交柯枝密，任它深绿相从。旧斑新渍，苔径引游踪。且傍淮壖烟水，早消得，竹茂花浓。拾阶上，虚堂静掩，蝉叫绮窗风。

　　云鸿。曾到处，平生憔悴，亘古情钟。算丘壑长闲，世事犹同。谁认潇湘路远，宿孤馆，忍对梅红。文章在，人间换却，此梦又重重。

满庭芳·感怀

人物犹回，时空欲止，远村烟树微茫。南风去处，古邑染云光。一水凿开千载，料已泛、藕韵菱香。轻波动，纤鳞出没，不见打渔郎。

思量，邗上事，消磨霸业，过尽帆樯。到如今，空教燕子双双。更向石桥悄立，望两岸，楼舍新妆。门檐下，谁家老妪，摇扇坐乘凉。

水调歌头·为饮者赋

且进一杯酒，胸胆任开张。管他浮世几许，日月个中长。纵使相逢草草，应有情怀正好，小酌口留香。大醉更休问，中圣此间藏。

是非事，浑似昨，自相忘。名来利往，怕的一晌付黄粱。不若坐花载月，闲拥红炉煮雪，心在水云乡。百岁饮多少，三万六千场。

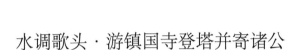

周冠钧

水调歌头·游镇国寺登塔并寄诸公

寺枕运河水，塔矗大唐天。不过弹指声里，莞尔已千年。舟去苍波依旧，天印白云如绣，远树碧犹怜。伫看佛堂外，袅袅起香烟。

往还者，欢欣地，此生缘。登临而上，今古只在浩然间。谁记长堤车马，曾识邮城风雅，自有后来贤。想得心安处，钟鼓正清圆。

高阳台·扬州何园遇雨

　　碧溅池荷，珠垂檐树，几回廊外人闲。铺锦搓风，轻裁一段流年。窗含榴火蕉分绿，对潇潇，合是痴然。更凭栏，蝴蝶厅中，玉绣楼前。

　　啸歌百载人何寄，纵胸藏丘壑，笔裹云山。可以栖迟，亦教水月空寒。而今来者知多少，觅游踪，如履清安。听幽弦，满壁新萝，雅韵纷弹。

11

【第3季】

当代诗词
十二家

殷　芳

字一丹，又字一诺，斋号九霞舫。

山东青岛胶州人，桐荫书院院长。

殷芳的诗词特别有味、耐品。对于《谢池春·无题》，因为喜欢，不妨反复品读，全词录下：

雨霁风轻，暑去夜凉初透。小圆池，莲荷竞秀。桂枝腋下，有花苞还幼。欲明朝，纵香出岫。

石榴咧嘴，在笑生平无谬。叹红尘，闲愁依旧。天边放眼，又传狼烟骤。想谁家，再添新瘦。

词写秋夜词人的心思。上片"花苞还幼""欲明朝，纵香出岫"，"苞"如何？"香"如何？极细腻，也极具情感冲击力。下片"石榴""笑生平无谬"是笑自己规规矩矩，从不曾荒谬地"想"与"做"。可能意中人为军人吧，因为"狼烟又起"，无奈不能日夜相伴，她和他只能"再添新瘦"。词多隐语，萌动的春心却如春潮般澎湃。

殷芳的词自是可观。她的诗有篇也有句，篇见匠心，句见熔炼。如"鱼潜深水里，人立小桥东"（《处暑日公园闲逛》），如"苍天不管红颜老，日夜曦车径自驰"（《步韵和濂溪词丈翁韵其二》），如"如何全景摄，飞鸟入云端"（《辛夷谷》）等等，都能一读而再读。

殷芳兼具诗心与诗才，传统功力深。她写诗讲究、细打磨、不随意，不求多，但求好。她的诗能从平常的题材中翻出新意，语言平实，但见底蕴，见思致。

殷芳是大可期待的当代女诗人。

即景

画图残日退，轨迹落霞封。

回首冰轮替，隔栏花影重。

丁酉初雪

欣闻初雪落，急卷整帘看。

云笼苍松岭，絮铺青石滩。

处暑日公园闲逛

荷叶可怜碧，蓼花依旧红。

鱼潜深水里，人立小桥东。

步韵和濂溪词丈翁韵其一

酒醒西楼日影长，东篱幽菊正分香。

倚窗谁弄邻家笛？吹破梅枝数点黄。

步韵和濂溪词丈翁韵其二

雁字来时必有诗，诗成百首又何之。
苍天不管红颜老，日夜曦车径自驰。

早起即见

谁家红杏已全开，篱落翩翩蝶去来。
树上鸣禽声婉转，黄鹂唱罢燕登台。

殷芳

自题

自入凡尘四十年，也耽笔墨也耽笺。

秋虫春鸟常陪我，高阁吟哦寂寞篇。

夏夜

高柳疏桐别院清，浓茶古卷一灯明。

宵分钟转狸奴睡，犹听蝉鸣三两声。

赏荷

围栏之外步迟迟，何忍仙葩采一枝。
知此流光容易老，及时草赋惜花诗。

雨水后大雪

雪压西园千百枝，新年又遇反春时。

黄莺紫燕双双遁，躲进谁家不得知。

殷芳

春草堂

春草堂前紫气生，藤花如瀑共云横。
一枝摘得江南寄，寓我缠绵不绝情。

丁酉仲春过震后北川遗址

天暗山空杜宇灵，悲声引客转头听。

残垣断壁黄昏里，不见离人见草青。

花朝节即景

百花不酒却颜酡，如我独斟三两多。

陌上春风归缓缓，花摇姿态我哼歌。

春暮

入骨相思又一春，桃花落尽李成尘。
白头雨燕堂前过，寻遍兰房无故人。

芍药诗赛

芍药庭前今始开，舒红展紫待人来。

群蜂已合三春去，腾出空间垒赛台。

宴上听玉人龙田吹箫

山阳旧曲短长吹，俗耳亲闻能几回。

醉里不知风挟雨，凋残陌上陇头梅。

有友遗兰诗以寄之

幽兰倩谁赠，良友为吾栽。

清淡香盈室，纤浓翠倚台。

断无轻骨相，自是好诗材。

如此知音遇，合将佳句裁。

超然台凭吊

浮生劫雷雨，逝者若斯焉。

旧址新台起，名言佳对悬。

天高风漠漠，人吊意绵绵。

仰止东坡老，非唯问月篇。

殷
芳

辛夷谷

春雨将山洗，新芽带露看。
苔痕才覆绿，花朵半含丹。
霞醉茱萸酒，田翻翡翠盘。
如何全景摄，飞鸟入云端。

诗　当
词　代

十
二
家

秋夜思

七月长空火自流，人间又转一年秋。

敲窗苦雨些微冷，入户酸风断不柔。

头白更兼心亦老，岁残偏遇假难休。

小楼独倚西南望，多少相思寄玉钩。

殷
芳

题聆泉斋

聆泉未必入山深，风物兹斋自可寻。
半壁草书彰笔力，满橱铭篆鉴文心。
清流时漱燕然石，月夜谁弹蔡邕琴。
多少鸿儒白丁慕，一来一拨一歌吟。

谢池春 · 无题

　　雨霁风轻，暑去夜凉初透。小圆池，莲荷竞秀。桂枝腋下，有花苞还幼。欲明朝，纵香出岫。

　　石榴咧嘴，在笑生平无谬？叹红尘，闲愁依旧。天边放眼，又传狼烟骤。想谁家，再添新瘦。

行香子·中秋

　　半夜微醺，满月十分。望蟾宫，淡抹丝云。环城河畔，处处销魂。正千虫吟，百霓烁，万波皲。

　　游心乘物，羽扇纶巾。任谁是，旧主新君。空名虚利，转首浮尘。但一壶茶，一支曲，一怀春。

浣溪沙 · 倒春寒

　　一任东君自剪裁，百花次第逐阳开。新莺恰恰闹窗台。

　　欲抱瑶琴廊外去，却惊风雨复归来。花魂欲断我徘徊。

蝶恋花·人日归来忆扬州

雨霁扬州风软软。柳下桃蹊，春色三分现。老树枝头花欲绽，高邮湖上船将满。

二十四桥明月恋。玉女箫声，听彻千千遍。红药何时开烂漫，浑然不觉姜夔怨。

蝶恋花·金陵访徐园

　　墙面青苔墙角树。朝也承风，夕也承甘露。小米分香人却步，疏枝照影联题柱。

　　远道今来三日住。解我初心，使我同仁遇。挽手追鹂何处去？韩园旧址桃花坞。

踏莎行·独酌

风惹襟怀，川拧眉宇，人生何至愁如许。可堪春尽又寒侵，落红满地无从数。

绿蚁金樽，青丝素女，千杯一饮腾云步。摇头不允店员扶，出门却忘来时路。

西江月·闲情

又见荼蘼花盛，暗随杨柳枝摇。绿阴漫过小平桥，惊觉三春去了。

劫后余生碌碌，年来诸事嚣嚣。恼人柳絮欲成潮，终是归尘草草。

殷
芳

西江月 · 小满

　　布谷声声不倦，熏风阵阵长翻。桃花杏子换流
年，风物正当小满。
　　老汉荷锄观稼，平畴散雾收烟。黄牛坡上放心
眠。一任农机垄断。

当
代
诗
词

十
二
家

西江月·客中

　　雨歇蛙声一片，月明夜色无边。三更孑立客窗前，千里故乡难返。

　　争奈云霄望断，可怜林卉开残。零星拾取待成篇，杜宇催人百遍。

12

【第3季】

当代诗词
十二家

孔长河

字令之，号苣溪，山西晋城阳城人。中国民主建国会会员。中华诗词学会会员，中国楹联学会理事，山西省作家协会会员，山西诗词学会常务理事，山西省楹联艺术家协会副主席，晋城市诗词楹联学会会长。著有《响流水集》。

诗人孔长河之作品全是清一色的五绝，仔细读来，真乃"五绝"。其一是选材"绝"，题材细小，绝大部分是生活中的小场景、小人物、小情绪，比如《夜宿蟒河》中的"郁郁三春叶，疏疏几点灯。雨余山尽睡，唯有瀑流声"。该诗只是描写一个小人物寻常生活中某一时刻的客观所见，但其所思所感却随着"瀑流声"自然淌出。我常说，写诗立意要高，但着眼一定要低，这首是也。其二是裁剪"绝"，这里的绝是指合适的意思。题材不仅要靠慧眼选择，选择之后还得靠巧手裁剪，如《上龟山》中的"独行伤病体，万事不如心。山雨乱花树，江风冷素襟"。龟山之景，森罗万象。如何剪取才能体现其"伤病体""不如心"呢？"雨乱""树""风冷""襟"无疑是最恰当不过的了。其三是造语"绝"，这里的绝是指简洁，如《西湖》中的"堤归苏刺史，梅是林妻子。行到断桥边，春丝无一尺"。全诗没有一个多余的字眼。我曾试着去减几个修饰词，如"苏""林""断""春"，但都有损诗意的表达，因此这首诗的语言真的是简洁到了极致。其四是寄意"绝"，这里的绝是指深婉，如《黄鹄山下同博达小聚》中的"江城暂相见，一再嘱加衣"。看似简单的"嘱加衣"三个字，却胜过千言万语。其五是手法"绝"，这里的绝是指多样化。仅从结句来说，有以景作结的，如"万山红正深"（《参观晋沁抗战文化纪念馆有赋》）；有以情作结的，如"合写相思多"（《永禄桑皮纸》）；有以事作结的，如"独有素禽来"（《紫薇》）；有以议作结的，如"人生剧可怜"（《庚子中秋夜痛悼慈母》）。我认为，结句出彩是孔长河五绝诗成功的关键所在。

大雪前一日登山途中即景

日落熔炉暗，湖倾铁水明。

寒枝山一半，啭啭止禽声。

登黄鹤楼

谁乘黄鹤去，万载白云主。
沙数裹江流，凭栏人自苦。

登卧龙山

人逐山花丽，春随诗兴浓。
群峰收一抱，万里自从容。

上龟山

独行伤病体，万事不如心。

山雨乱花树，江风冷素襟。

夜宿蟒河

郁郁三春叶，疏疏几点灯。

雨余山尽睡，唯有瀑流声。

西湖

堤归苏刺史，梅是林妻子。

行到断桥边，春丝无一尺。

醉游晴川阁

几万里长江，两三杯烈酒。
大风吹不息，独背空空手。

古琴台听琴

林幽人迹稀，琴断子期老。

小坐去还来，倩君弹古调。

孔长河

谒廉颇庙

大粮山尽石，何以阻雄兵。

直谏时唯豹，有无廉上卿。

参观晋沁抗战文化纪念馆有赋

何曾据天险，固自在民心。

一叶一丹抱，万山红正深。

重游宝顶山观猫鼠图石刻

未敢弃皮囊，何曾忘果腹。
我来还我思，一簇兰和竹。

谒归元禅寺

佛性显难恒，本心观未左。
人生四十余，不卜将来我。

六一念鹿鸣

几次买还休，樱桃红刺目。
酸甜未敢尝，怕在人前哭。

六一念德清

模样应如姊，性情尤像谁。

梦中人小小，啼若一长锥。

庚子中秋夜痛悼慈母

一家分四处，三地念黄泉。

今夜向谁哭，人生剧可怜。

临屏

独夜翻微信，一城听雪声。

相知莫相见，相见两无情。

思念

直道心忘尽，音尘绝数年。

忽提名字处，却是泪潸然。

赠某

清芬逐巷深，一树花如雪。
静静矮墙边，相看何忍折。

孔长河

黄鹄山下同博达小聚

君道故人瘦，时逢冷雨飞。
江城暂相见，一再嘱加衣。

桃花

浅深由己志，开谢在春风。

岁岁花如是，苍崖一簇红。

咏竹

雪下未更色，风来尚折腰。

庭前两三管，管管逼重霄。

紫薇

流落山家久，还依翠竹开。
谁人怜艳雪，独有素禽来。

东湖赏樱

细流分片艳，大块挤春闲。

独坐无人处，落花啼鸟间。

栏外木香花谢有作

残红绝芳气，浪蕊自心枯。
薄暮纷纷下，山房老丽姝。

深谷见一树樱桃

风雨危崖上，晨昏流水中。

清芳聊自赏，岂为野莺红。

途中闻鸣鸟

山林何婉转，天地自由身。
欲倩清禽住，空庭种翠筠。

永禄桑皮纸

皎若少年雪，柔过春水波。
丝丝复缕缕，合写相思多。

读书日有感

泪因文字落，心为欲尘浮。

日晚春将暮，繁花开更忧。

处暑前五日得句

蝉声横老气，秋色起凉风。
一片太行火，酝将丹抱中。

林间杂兴

斗室寄清抱，寒风攥野村。
夜深山化虎，欲把一灯吞。

图书在版编目（CIP）数据

当代诗词十二家.第3季/蔡世平，刘能英主编.
北京：当代世界出版社，2024.9. –– ISBN 978-7-5090-
1788-3

Ⅰ．I227

中国国家版本馆 CIP 数据核字第 20246LA586 号

书　　名：	当代诗词十二家·第 3 季	
主　　编：	蔡世平　刘能英	
出 品 人：	李双伍	
监　　制：	吕　辉	
责任编辑：	高　冉	
出版发行：	当代世界出版社有限公司	
地　　址：	北京市东城区地安门东大街 70-9 号	
邮　　编：	100009	
邮　　箱：	ddsjchubanshe@163.com	
编务电话：	（010）83908377	
发行电话：	（010）83908410 转 806	
传　　真：	（010）83908410 转 812	
经　　销：	新华书店	
印　　刷：	北京精彩世纪印刷科技有限公司	
开　　本：	889 毫米 ×1194 毫米　1/32	
印　　张：	13.375	
字　　数：	245 千字	
版　　次：	2024 年 9 月第 1 版	
印　　次：	2024 年 9 月第 1 次	
书　　号：	ISBN 978-7-5090-1788-3	
定　　价：	98.00 元	

法律顾问：北京市东卫律师事务所 钱汪龙律师团队
　　　　　（010）65542827

当代世界出版社
微信公众号

当代世界出版社
抖音号